猴面包树

N E

R É S I

GISÈLE HALIMI

J A M

V O U S

命由你

G N E Z

不由天

[法] 吉赛尔·哈利米 著 赵旭 译

A I S

中央编译出版社
CCTP Central Compilation & Translation Press

致

我的孙女

莫德

与她同在

因为最沉重的负担是没有生活的存在……

维克多·雨果

《惩罚集》

快点，朋友，

因为未来是难得的……

勒内·夏尔

《睡神的书页》

那一天……

2007年7月27日。

清晨，望着镜子里的自己，过于真实。再多的花言巧语，真心也罢，恭维也好，都无法掩饰这一残酷的现实。就像女门卫今天对我说的那样，我的身体和精神状态都已告别壮年，步入老年了。

我看得见，感觉得到，我自己很清楚这一点。

尤其是当我从内心深处审视自己的时候，历数过往的岁月，就更不得不承认自己已步入暮年的事实了。想到青春不再，壮志未酬，难免会感伤岁月不饶人，可是无情的岁月又饶过谁呢？也许唯有自欺欺人地逃避才能让人生完美落幕，优雅逝去了吧！

然而，今天却是不同寻常的一天，因为今天我80岁了。

时光飞逝，十几年弹指一挥间，而这很有可能就是我人生的最后一个十几年了。我已经80岁了，无论接下来发生什么，哪怕只是活在这个世界上，都是上天对我的馈赠，都会令我感到幸福。不然，一个80岁的老人还能期待些什么呢？

近一两年来，我的功勋簿上没再添写半笔，因为每天能保持身体正常运转就是我最大的功绩。早晨起来，头颈、膝盖活动自如，我可以穿着球鞋在战神广场上闲庭信步；不增添新的病痛，呼吸自如；还能定期进行体操锻炼（在理疗师的指导下，缓慢地、小心翼翼地做着各种动作），趴在地毯上练腹肌；也有闲情逸致去看看演出。然而，每当一个人在浴室的时候，面对自己衰退的身体和苍老的容颜，简直不忍直视。为了逃避现实，我只能思考和回忆。于是，我就又感觉自己有了无比强大的力量，这一力量足以磨平岁月的褶皱，克服衰老的恐惧。所以说，身体的衰老虽不可逆，可我的精神依旧强大，就像一艘终将沉没的大船，仍然有着性能良好的舵。就好像人人都会死，但人人都在努力地活着。

如果说我的身体还有哪部分能运转正常，甚至可能更胜从前，那就是我的头脑。我博览群书获取的知识和我独一无二的人生经验充满我的头脑，别看我的头脑只是四个字，只是我身体的一小部分，但它却承载着勇敢与智慧，饱含着逻辑与想象。

我的头就在那儿，可以触碰得到，抚摸得着，这让我很安心。因为我的头脑是智慧的源泉，每当拿起笔的时候，我头脑里的辞藻就会喷涌而出，需要写辩护词的时候，工整的文案就会跃然纸上，这都证明了我的头脑依然灵活，才智不输从前。

真希望我的头脑能够永远这样运转下去，我的生命之花仍然可以绽放，我的明天仍然无限美好。

然而，我的年纪已经不允许我有未来了，早在几年前就不应该有了，只是坚持写作又赋予了我新的生命，但我没有再走过去的老路，因为往事不堪回首。

今天，我无意间扫了一眼我那曾经骨折过的右肩。

那是1971年我应萨尔瓦多·阿连德总统之邀赶赴智

利途中因车祸所致的。当时，圣地亚哥的外科医生委婉地告诉我："你以后不能再像从前一样打网球了。"我很伤心，我就这样"永远"告别网球了吗？往事终归已成往事，只是自那以后我再也没去过网球场，游泳时也会有轻微不适。

那天之后，我就知道，继阿尔及利亚和越南之后，智利将在我既复杂又单一的过去，一个战斗着的女权主义者的过去中占有一席之地了。

所以，今天，2007年7月27日，我觉得自己有必要梳理一下我的过去了。

现在虽然是新时代了，但旧时代的遗患仍在，且大家都懂得明哲保身，不会轻易表达自己的情感，常常是成败不多言，深藏身与名。

而我虽然老了，但我的斗志不减，且拯救黑暗中的苦难者的欲望愈加强烈。

我希望我的言论中能有更多的闪光点，汇聚成万盏灯火，照亮前方的路。因为我现在知道了，与斯多葛主义（禁欲主义）"控制欲望更胜于改变世界秩序"的理念相反，拒绝受命于天，才能让人生这趟列车不再发出悲鸣。

就像列车有多条轨道，人生也有各种不同的选择等待着我们去尝试。

记不清是9岁还是10岁的时候，我就有了写作的欲望，且挥之不去。所以后来，我一开始写作，就再也没有停下来过，尽管难免有不足之处，如行文中动词使用过多、故事情节繁杂且发展过于急迫等。

有些人对写作的理解不过是每晚写上几行或几页字，记录一下一天的感受罢了。

而我的作品里要表达的却远远不止这些，我的写作是有的放矢、有据可依、有逻辑思考的。我的写作是在用准确、凝练的语言表达观点，且尽力让笔下的每个词语、每个音节都能如诗如画，如涓涓细流滋润每个人的心田。写作可以端正我的思想，规范我的行为。当然写作也让我的情感得以释放，情怀得以抒发。写作记录了我的人生规划、人生经历以及不同阶段的人生感悟（都是当时的切身感悟）。

然而，写作过程远非事件的堆砌和简单的思考，在成稿之前需要反复推敲。每次写作，我的草稿纸不知被军士长牌羽毛笔涂黑了多少处（幸亏没人看见），才敢用自来水笔定稿。最难且永恒存在的问题就是如何正确取舍，其棘手程度不亚于政治诉讼需要立即给出判决、游行示威立刻给予答复，以及在“政治要员”的呼吁书上签字。因此，为了写作，一直以来，我必须尽力去解读这个世界，解读我自己。可以说，写作就是我行动的工具、斗争的武器。写作让我认清了自己，也认清了别人，进而让我对分歧、斗争乃至这个世界都有了更为深入的理解。

就拿女权主义来说，我曾一度认为它是一个矛盾的存在，因为提倡女权是不是就意味着歧视男性呢？是不是对男性就不公正了呢？于是我就通过写文章来阐述这个问题，可惜至今也未能找到满意的答案。我也曾思考过女权主义与母性、政治、非殖民化，乃至整个欧洲的关系……最终还是坚定了自己的女权主义信念，并付诸行动，致力于女权思想的宣传和女权斗争。我也一直秉持着这一信念，期待终有一日能够有足够的力量，来打破现在的不公正格局，实现女性的平等和解放。

时光就这样一年年地流逝，写作与斗争交织在一起，构成了我生活中不可或缺的部分，也因此重新定位了我的人生，让我的生活再度找到平衡。

西蒙娜·波伏瓦在她的著作《岁月的力量》（*La Force de l'âge*）中曾这样说："生活乱了套时，文学就出现了……写作的首要条件就是敢于打破现实。"

与其看法不同，我认为写作需要一定程度的孤独感、疏离感，我称为"被放逐式写作"，和持续不间断地付诸行动。

被放逐的我会对自己和自己的日常生活都感到陌生。于是自我防卫意识、女权意识、政治立场、亲情、爱情就会通通浮现在脑海里，迫使自己去思考，做出抉择，进而付诸行动。从事写作是孤独的，但并不是与世隔绝的。没有任何社会关系、拒绝一切社会活动的人就只是活在这个世界上而已，并不真正属于这个世界。写作使我必须在女权主义、捍卫公正、政治倾向等方面做出合理的安排，理清它们之间的关系，包括它们的历史渊源、横向跨度等。因此，我反对自我封闭和排斥他人。如果说“他人眼中的自己才是真实的自己”的话，拒绝他人就是拒绝认清自己。那么让-保罗·萨特的“他人，即地狱”是否与保罗·利科的人道主义是根本对立的呢？为了平复内心的这种矛盾，我会尽我所能去诠释这两种与我息息相关的哲学思想，令其和谐统一，因为我拒绝悖论。显然这不是一项容易的课题。

可以说，我的人生成就除了上庭打官司为人辩护，就是写作，二者同等重要。

但在实际生活中二者很难平衡，因此我一直排除万难坚持写作，目的就是要用文字表达我的思想、我的情感，以不负我儿时就立下的志愿。

于是，我便开始创作这部带有浓厚主观色彩的作品，用来总结我的人生，尽管不够详尽，但确实是我第一次，也是唯一一次盘点我的过去，梳理我的人生。而首先要提到的就是女权主义——我的女权主义。因为它是我政治生活的主打事业。为自由而战，不需要出发的号角，也不需要集结，这是历史的选择，是历史赋予了我投身妇女解放事业的使命，无论任何社会制度下，这都是我优先要去做的事情。

此外，这也是我一生中不断重复的事情，是我一生的追求，即我的思想不断迸发出火花，化作璀璨的明星，照亮世人，让更多人觉醒，进而团结在一起，形成一股强大的力量，以获得最终的胜利。我深信这一点，并会一直相信下去……

但我不希望我的人生因为这本书的完结而完结。

我人生的关键词是：反抗、挑战传统观念和不走寻常路。

尤其是绝对不会逆来顺受、听从命运的安排。

1 我的女权主义与西蒙娜·波伏瓦 / 020
2 “人类温柔之乳”与西蒙娜·波伏瓦 / 030
3 公众生活与私生活，是矛盾对立的吗？ / 042
4 我的女权之路 / 060
5 从身体革命开始的女权主义 / 068
6 母性是陷阱，还是爱的港湾？ / 078
7 生孩子，是意愿，还是责任？ / 098
8 一次名为“选择”的（女权）冒险之旅 / 110
9 卖淫，是自愿选择，还是被迫为之？ / 122

目录

10 经济独立，两性生活，夫妻 / 134
11 反家暴斗争 / 144
12 女性工作，低人一等吗？ / 150
13 我的女权主义与政治 / 160
14 纯洁的女权主义者 / 168
15 从政生涯 / 178
16 专制政权下，首位女性总理无所作为 / 186
17 从艾梅·塞泽尔到男女平等 / 194
18 抗争 / 202
19 暴力 / 212
20 背叛，晋升，寄生主义 / 220
21 女性眼中的最美欧洲 / 228
到如今…… / 234
致谢 / 241

N e v o u s r é

g n e z   j a m a i s

1

我的女权主义与西蒙娜·波伏瓦

关于女权主义，我在此并不想进行过多的学术上的赘述。原因在于，已经有众多有识之士走在了前面，很多历史学家、政治学家都对此进行了较为完备、深刻的分析和论述，性别研究由此有幸（几近）登上大雅之堂。

各种专著、期刊、学术论坛、新媒体都在关注女权，提及女权运动，但同时也在提醒人们时刻警惕女权主义走向异端，或者被利用，成为商业运作的砝码，《人民》[1]论坛也在其中。

而我接下来对女权主义的论述，既不会太抽象也不会太空泛。当然，与《第二性》（*Le Deuxième Sexe*）的观点也会有部分相通的地方，但我不大会谈及历史，也不会过多涉及哲学问题。

我经常说，我与西蒙娜·波伏瓦有着截然不同的人生。

波伏瓦，她没有经历过被歧视和自卑，小资产阶级的家庭出身让她有条件上学读书，成为知识分子，并因此获得经济上的独立。所以，为妇女解放而写作，对她来说只是一种偶然。她曾这样说："我开始只是想谈谈自

---

1 2008年1月，为庆祝西蒙娜·波伏瓦100周年诞辰，人们举办了论坛，发出负面声音的一个代表查阅了第102期《选择》刊登的文章，此处节选其中一段："对这些没有任何历史、政治、社会等方面事实依据的言论，我们只能深表遗憾，且其间没有任何女权历史研究者发声，西蒙娜·波伏瓦的政治选择只是悄悄带过，萨特的名字和他有关此方面的著作也是提都没提，而是把重点放在了一小部分杂七杂八的文学作品上。本该提及的女权运动的目的（可以全方位地再读西蒙娜·波伏瓦的作品以及相关评论）却没有提，而更多的是趋炎附势，不管是谁，只要他有权势、有名誉地位就可以上台发言。我拒绝参加这个论坛，就像之前拒绝参演帕斯卡尔·福特里尔的电影一样，不过是焦点人物访谈而已，且这些人物中的大部分都不熟悉西蒙娜·波伏瓦和她的作品。"

己，慢慢就自然而然谈到了女性生存条件。”由于摆脱了性别歧视的枷锁，她可以很客观地阐述自己的观点。在其著作《模糊性的道德》[1]（*Pour une morale de l'ambiguïté*）中，她以存在主义哲学体系为基础，并通过（女性）客体性的论述来阐明自己的观点。男人是主体，是绝对，而女人则是他人，是客体……

在此基础上，她为女性争取平等自由，例如，她曾发问：“如何才能让一个锁在深闺中的妇女走出家门？”[2]

然而在其巨作《第二性》中，波伏瓦并没有提出任何诉求，也没有任何抗争，甚至连一点斗争的苗头都看不到。而且她本人，直到20世纪70年代，都是完全拒绝发起任何女权运动的（她平常所使用的字眼也都是“妇女问题”或者“女性问题”）。

更令我吃惊的是，她在《第二性》中拒绝承认斗争的必要性：“女性问题的解决首先要依赖社会问题的解决，个人奋斗不能解决妇女问题。因此，妇女们首先要考虑的不是自己，而是把眼光放远，想想其他自身以外的事情。这也是我一直努力在做的，我关心的都是诸如越南战争和阿尔及利亚战争这样的政治问题。也就是，

1 《模糊性的道德》，伽利玛出版社，1946年版；创想出版社，1962年版；一页测试出版社，2006年版。

2 《岁月的力量》，伽利玛出版社，白色系列丛书，1960年版。这是西蒙娜·波伏瓦离梅洛-庞蒂和萨特的哲学最近的一次写作。梅洛-庞蒂认为，自由的获得需要“开放”的行动，因为奴隶与他的主人是没有同等自由的。

要有更高的追求和信仰，而不是只关注妇女问题本身。”[1] 她的言论也印证了这一点：“走出自己个人的小圈子，我们会发现很多更重要、更值得关注的东西。”

与其相反，我出身于蛮荒之地（30年代的突尼斯），贫穷、宗教、守旧、殖民文化构成了我生活的主旋律。我曾经乃至现在也经常在问自己，是不是大部分文化都不被看成是传承所得。当然，我承认知识的获得需要积极开拓和不断进取，但这与文化的传承并不矛盾。例如，布尔迪厄思想的继承者们对文化的冲击力之强、取得的进步之大，就是后人所无法企及的。

而对于我来讲，我之所以能够迈过原生家庭的缺陷这道坎，就是因为不平等待遇的伤害，激发出了我身上的巨大潜能。因为我已绝望，绝望者无所顾忌。我曾跟人讲过，我的父亲爱德华将我的出生隐瞒了三周的事情，在这三周中他备受折磨，他无法接受成为“女孩父亲”[2]的事实，因为生女孩在当时被看作受了诅咒，是天大的不幸。再说说上学读书的事。由于受经济条件的限制，当时家里孩子上学读书是一个不小的问题，但这个问题也只是关系到我的两个兄弟，因为我和妹妹是注定上不了学的。我们俩早早就被嫁了出去（我的第一个求婚者35岁，

1　摘自希尔维·沙普龙2008年1月9日《人道报》上刊登的文章。

2　《妇女的事业》，格拉塞出版社，1974年版；伽利玛出版社，Folio，1992年版。

我当时16岁，我拒绝了他)，然而婚姻并没能改变什么，只是让我们从“从父”过渡到了“从夫”而已。

受近乎扭曲的男权思想的禁锢，女人们要听从家里男人的吩咐，一切都要看男人的脸色(上学读书、兴趣爱好，甚至说话措辞)，还要甘心接受受男人主宰的命运。而我的母亲，一个犹太教士的女儿，总是极力向我们灌输她的宗教思想：一种掺杂了各种迷信思想的《圣经》。就是这些让我很快明白了我的“他人”身份，且我是永远不会融入、认同这些宗教思想的。试想：一个犹太人的上帝，每天晨起就让他的信徒们(只收男子)念那些无视妇女存在、将妇女妖魔化的祈祷文：“感谢赞美真主，没把我生成女人……”女人也因此甘愿否定自己：“感谢赞美真主，因为真主按自己的意愿创造了我。”这样的上帝怎么可能是我信奉的上帝！我13岁开始爱上读书，大量的阅读让我很快就走上了不可知论者的道路，继而成为一名无神论者。

从我有记忆开始，我就切身感受到了男女的不平等：在家里，我们要以兄弟为尊，要自甘女子卑微的身份。

可见，与西蒙娜·波伏瓦安静平稳的思考、创作环境不同，我的女权主义是在激烈的抗争中产生的。我就曾坚持拒绝为兄弟们洗衣、做饭，凭什么他们在家里就可以衣来伸手，饭来张口，而我就得做牛做马地伺候他们呢？这时，我的母亲就会拿出她的那套老说辞来：“就因为你是女孩，他们是男孩啊。”但是，任何威胁、耳光和惩罚都无法动摇我反抗的决心。我绝对要抗争到底。“抗争到底？”“你在说什么？”母亲显然不能理解，又隐约有些担心。我一度真的不想活了。“我再也不吃东西了，我想死。”我用我的绝食成功打乱了家里三餐的节奏。[1]然而，第三天，我就开始头晕、恶心，喝水都会吐。第四天的时候，我已经不那么在乎这场斗争的输赢了，因为我已经挑战过了，我的反叛致使今后再没人会忽视我作为女孩的存在了。我的父母——爱德华和弗尔缇娜——被我的举动吓得惊慌失措，焦虑万分，最后只能做出让步。但是为了挽回他们的面子，我母亲跟亲戚朋友解释说，我从小多病，行为也因此古里古怪的，所以跟常人不太一样……也就是告诉大家不要跟我这样的人一般见识。问题就这样解决了。我再也不需要任劳任怨地伺候兄弟们了。“我不要再为你们端茶倒水，打扫房间，永远不要！”我曾经这样大声抗议，现在做到了。绝食宣告结束，我开始大口喝汤，狼吞虎咽地吃着枣泥馅马克鲁特——一种粗面粉裹馅，外面涂蜂蜜的当地特色糕点——是奶奶为了让我赶快停止绝食特意做的。我吃得很开心，当然这里也掺杂着我取得第一次争取女性平等权利胜利的喜悦。而这一抗争的目的是让妇女也能过上平等自由的生活，不受任何哲学体系和传统思想左

1 同前。

右的纯粹自然的生活，这也是生活原本该有的样子，这就是我当时作为一个年轻女子，在近乎绝望时的诉求，是宁死也不接受被无视的呐喊。

所以说，我的女权主义思想最初的形成都是基于我的生活，是就我的亲身经历、亲眼所见有感而发，而后来涉及政治是从探讨非殖民化问题开始的。

我17岁还在上高中的时候，就创立了“突尼斯少女联盟”。尽管当时共产主义思想已经盛行，我还是在其已有的反歧视观点上添加了“反对妇女歧视”这一条，并特别强调了它的特殊性。波伏瓦是不是也没能借助马克思主义，在她的女权思想当中给出解决妇女被压迫、被奴役问题的办法呢？也许马克思可以，弗洛拉·特里斯坦尤为可以。因为与其他歧视，比如阶级歧视相比，性别歧视并没有得到同等的关注和重视。

而我的女权主义，由开始的自发行为到后来的理论化、系统化，其形成发展的同时也铸就了我的人生，对，就是这一人生——与西蒙娜·波伏瓦截然相反的人生。

我第一次读《第二性》的时候23岁，如今再读，仍然是拍案叫绝，啧啧称奇。

这样一个没有经受过贫穷（往往加剧歧视）和排斥（尽管她也是女人），出身于书香门第，和身边男子有着同等学力的女人，是如何做到将受压迫妇女的痛苦表述得犹如切身经历过一样，并能找出症结所在，且揭露造成这个症结的罪魁祸首的呢？可以说，这本书犹如一盏明灯，照亮了我前行的路。书中的论述戳中了我的痛处，与我的经历产生了共鸣，给了我开启心门的钥匙。

于是，我不再自怜自惜、考虑自身的问题，而是上升到对整个女性群体的关注，《第二性》让我知道了女性受歧视的根源（文化传统）和处于从属地位的原因（生理条件）。还有就是书中提到的跟妇女解放同等重要的妇女非殖民化问题。为什么我要特别强调“非殖民化”这一政治术语呢？那是因为我目睹了阿拉伯人是如何成为二等公民，是如何遭受奴役和歧视的。和白人殖民统治者相比，他们是“他人”，是附属品，毫无尊严，可以被任意践踏。

另外，我认为女性在情感方面的缺失也不能忽视，应倡导发自内心地承认女性，恰到好处地关爱女性。

与西蒙娜·波伏瓦不同，她生来就有身份、有地位，而我的成长环境让我都不知道如何确立自己的身份，不知道自己是谁。那时，无论在家里，还是社会上，我都是一个无关紧要的人，甚至未来都无法掌控在自己手里。如果一个人只能活在别人的计划里，那么他/她又怎么会知道自己是谁呢？为什么生为女人就要对自己的命运如此无能为力呢？

所以，我很赞同西蒙娜·波伏瓦关于男女不平等的根源是文化传统的说法，因为对此我是有亲身经历的。“是整个人类文明设计出这种介于两性之间的，被称为女性的中间产物。”波伏瓦在她的《第二性》中就曾这样说。

但是她的关于“女性是物种的牺牲品”的观点，我却不敢苟同，对此我们也是各执一词。这有可能是因为我的女权主义的产生不是基于对女性命运的理论思考，而是因为我就生活在那个命运里，那就是我的命运。因此，我对妇女生活的了解是从内部，是从分析研究我自己的生活开始的。

在此，我并不想得出谁对谁错的结论，只是希望我捍卫妇女权利的言论，无论是在法庭上、书本里，还是在公开演讲中，都能真正地帮到她们，不一定非得救她们于水火，哪怕只是提供一个新的思考、解决问题的思路也是好的。

同时，我也想通过我的行动，将女权主义与政治联系起来，揭露妇女受压迫的社会根源，并给出妇女斗争的途径和手段，像政治诉讼、修订法律、发表宣言以及非暴力反抗运动等都是很好的选择。对妇女争取民主，参加政治运动的做法，西蒙娜·波伏瓦一直是持保留意见的，直到她去世前三四年才跟随弗朗索瓦·密特朗的脚步开始表示支持。

如前所述，波伏瓦在她的《第二性》中说，唯有社会主义才能让妇女获得解放。然而，倍倍尔却认为“某些社会主义者对妇女解放的反对程度不亚于资本主义之于社会主义”（《妇女与社会主义》，1900），今天，基本上还是这个情况。所以，弗朗索瓦是没有发现这些，还是故意回避了呢？答案显而易见。

我时常在想，如果让-保罗·萨特当时在波伏瓦身边[1]，她还会如此靠近当权者吗？

可以肯定的是，萨特一生都坚持拒绝向政权靠拢（哪怕是社会主义政权）。

1 让-保罗·萨特于1980年4月15日去世。他严厉批判弗朗索瓦·密特朗及其政治行为。

2

“人类温柔之乳”与西蒙娜·波伏瓦

在我参加的几乎所有的女权运动、政治运动，或者说女权政治运动中，我一如既往地感觉到我与加入和支持这一事业的人是同心同德、肝胆相照的。

当然，这种团结一致首先是基于共同的目标，但也同样蕴含着对人与生命的关注。我这里没有用“怜悯”这个词，这个带有些许宗教色彩且涉及心理层面的词，我不是很喜欢。而“共情”这个词，也不够准确，因为它不适合某些特殊情况（强奸、遭受酷刑、国土沦丧），所以我用了“关注”这个词。大家是知识盟友，有时也是政治盟友，我们的情感需要有人理解，透彻地理解，我们的行动产生的影响需要分享和扩大。因此，任何时候，得到尽可能多的人的理解和支持都是必要的。

而西蒙娜·波伏瓦似乎忽略了这一点。她不会亲近任何人，包括朋友，哪怕是和她有着共同志向的朋友。所以我认为，她的这种没有群众基础的女权主义理论，不说是空中楼阁，基本上也是纸上谈兵。每一个活生生的人，在她的理论论述里，只不过是一个符号、一个象征而已。她就像是一个只做标本研究的昆虫学家。

就拿她对待贾米拉·布巴夏的态度来说吧，这我以前也提到过，贾米拉·布巴夏是民族解放阵线的女英雄，曾在阿尔及利亚战争中遭到法国伞兵的酷刑折磨并被强奸。[1]波

1 《贾米拉·布巴夏》，伽利玛出版社，1962年版。

伏瓦很果敢，立即主持成立了保卫贾米拉委员会，并为其奔走呼吁。1962年，埃维昂协议签署后，贾米拉被释放，之后居住在我家，突然有一天被驻法国的阿尔及利亚民族解放阵线负责人带走，几乎是被武装押解回了阿尔及利亚。那天中午，本来应该是西蒙娜·波伏瓦、贾米拉和我三个人共进午餐的，结果就只剩下了我一个人。我义愤填膺，强烈谴责阿尔及利亚负责人的野蛮行为。波伏瓦却不以为然，她说："这是政治路线问题，阿尔及利亚的问题就得由民族解放阵线来处理。"可见她不但没有谴责他们，反而很理解他们。"但是，贾米拉是那么渴望见到您，拥抱您，感谢您为她做了那么多……"我忍不住说道。"我是为了整个阿尔及利亚，这您是知道的……"她这样反驳我。"但是您因此就见不到她了呀！"我仍然坚持己见。"这不重要，吉赛尔……"她说。她好像很惊讶我为什么对这样一件小事如此耿耿于怀，"我们吃饭吧，好吗？交流就此结束。"[1]

我们之后再见面是在1966年和1967年的罗素法庭[2]（也叫越战刑事犯罪法庭）上。

该法庭由萨特主持，包括西蒙娜·波伏瓦在内十几个为世界和平做出过卓越贡献的知名人士参加，波伏瓦肩负审

1 《橙树之乳》，伽利玛出版社，白色系列丛书，1988年版。

2 由哲学家、诺贝尔和平奖获得者伯特兰·罗素发起，因此得名。

判职能[1]，工作中她坚持一贯的风格：一丝不苟，持之以恒。法庭的大大小小会议她无一缺席，经常奔波于伦敦、巴黎、斯德哥尔摩、罗斯基勒（丹麦）等各大城市。那么，这个法庭成立的目的是什么呢？就是用国际法来判定美国是否对越南的主权构成侵犯，其利用杀伤性武器对手无寸铁的民众施以酷刑，甚至屠杀的残忍行为是否犯了战争罪。

而我当时是国际法律调查团的成员、越美实地调查委员会的主席。

我也是犹豫了很久才答应接受这个任务的。因为我当时家里有点走不开。我的小儿子当时只有3岁，两个大的还好，一个12岁，一个15岁，都是中学生，能自己照顾自己了，可这个小的，我工作（看文件、开会……）以外的大部分时间和精力都要放在他的身上，他有斜视，需要注意，周末需要陪伴，他刚开始学画画，作品需要我帮他贴到墙上。

他的语言表达能力很强，除了开口说话比较晚，现在已经可以说出完整的句子了，这方面完全领先于同龄儿童。他的爸爸克洛德脑洞大开，竟然在这个孩子身上找到了创作灵感，将对生活的感悟编成故事、写成诗歌。家政小姐姐佐

1 联席主持者：指南斯拉夫历史学家弗拉基米尔·德迪耶尔和法国数学家罗兰·施瓦茨。其他成员包括莱利奥·巴索，意大利国会议员、国际法专家；拉扎罗·卡德尼亚斯·德里奥，墨西哥共和国前总统；斯托克利·卡迈克尔，美国黑人争取民主权利运动领导人；戴夫·德林格，美国和平主义者；伊萨克·道切，英国历史学家；基尼亚·莫里·卡瓦，日本法学家、日本保卫民主权利联盟副主席；以及西蒙娜·波伏瓦等世界知名人士。很难一位不落地列出所有参与者。一些人是发自内心参与进来的，工作一直兢兢业业，也有一些是被迫加入的，后续的加入者可由法官自行决定。

利卡，一位漂亮的女大学生，南斯拉夫人，把我的小儿子看成“灵童”降世，对其喜爱程度，按当时儿童精神病科医生的说法，已经到了疯狂的地步（不知道现在的医生会不会这么认为）。

她哄他入睡，可以花上几个小时教他唱家乡的歌曲，如*Katsibila mala mala*（讲述的是4岁的马努在杜布罗夫尼克市政办公厅举办的圣西尔威斯特节上，走上舞台，拿起麦克风在乐队惊讶的目光中，以这首歌曲惊艳四座的故事）。他是她的骄傲，她的“宝贝”，她平时就是这么叫他的。她有时甚至会放弃每周的休假，就是不想离开她的“宝贝”。所以，我没有必要担心，只是想到近一个月见不到他，听不到他叫我妈妈，心里就会很难受：愧为人母的负罪感和不知如何面对社会舆论的谴责（尽管我并不愿意承认这一点）。

一个介入政治的女人就可以心安理得地把3岁的儿子扔给他的爸爸和忠心的保姆照看而毫无愧疚吗？（“不要让功名利禄毁了自己。”我母亲弗尔缇娜经常这样说。）如果换作是一个男人需要远赴越南搞实地调研，他是不是也会被问及同样的问题呢？如果会的话——不太可能的假设——那么会得到同样的回答吗？

但是，我总是这样身不由己。此时不得不承认，我作为一个女人（一个女性公民）的局限。“就因为你是女人。”（还是弗尔缇娜的那句老话）

我确信马努并未因为我不在而缺衣少食、无人照看、无人爱护，只是缺失了三四个星期的母爱（有人说是不可替代的）而已。然而，单就这一个理由是否就能判定一个女人在某些情况下确实无能为力，因此就应该退出社会活动或政治活动呢？换作是男人，一切就都不同了，所以哪有什么事事公平？

这些想法纠缠了我好久，更确切地说是我一直想讨个说法。这时，罗素法庭开始催促我了。屈从（固有观念）不是我的风格，于是我起身出发赶往越南，带领着已经是第四次奔赴越南的调查委员会[1]。

我从越南一回来，就迫不及待地给西蒙娜·波伏瓦打电话。“远方归来的朋友，一定得给我讲讲你的见闻……”她在电话里这样说。于是我们约好一起吃午饭。我早到了，因为我太想跟她诉说我在越南的经历和美军在那里的暴行带给我的激愤情绪了，我随身带着战地报纸，不想漏掉任何细节。我要把我目睹的一切，现实版“歌利亚欺负大卫”的故事，原原本本地讲给她听。

我还带上了此行较为得意的作品——我亲手拍的照片。“您知道我是用什么拍下这些的吗？”我开心得手舞足蹈，不等她回答就继续说道。临去河内之前，我想买个照相机，向我的朋友亨利·卡地亚-布雷松（Henri Cartier-Bresson）咨询意见，他就直接把他的相机借给了我，他说：“拿着我的相机去吧，可要好好保管啊，这可是我的心爱之物……”那可是一个徕卡相机，我之前只是听说过，都没见过。他从皮带上拿下来交给我的时候跟我说：“有了它，你会方便很多……”

1　同行的主要人员还有马塞尔-弗朗西斯·卡恩教授（法国风湿病学专家）和马尔切洛·西尼（意大利体质学专家）。

实践证明，他真是给了我一个法宝，给我的工作和生活都带来了便利。“真是太棒了。”波伏瓦兴奋地说。她想要那些照片，我说：“不，先听我给您讲讲每一张照片的来历和背后的故事……”

事实上，我几乎跟她讲述了我在那里所有的经历。

有一天早晨，我们戴着头盔，坐着指挥车很早就到了越南南部的城市——荣市附近的一个小渔村。当时天空晴朗，可向导却说过于晴朗了，因为担心敌人的轰炸机来袭。中午，接待委员会安排我们和当地居民共进午餐。午餐很美味，有很多鱼，每一条都用调味汁和香料浸泡过，再精心烹制而成，鲜美无比。然而，毕竟是在战场，很难舒舒服服地吃顿饭，我们只能躲在地下防空洞里，借助蜡烛的微光品尝这些美味。讲到这儿的时候，“海狸”[1]突然打断我，每次我们聊到异域美食的时候，她都会这样，一定要追问一二。

我继续我的讲述。午餐结束后，一些妇女和孩子围绕到我们身边，我便拍了一些照片，记录下这艰难条件下难得的美好瞬间。

午后，万里无云的天空突然就雷声轰隆，不绝于耳。我还在纳闷：“这是暴风雨吗，怎么来得这么突然？”而渔民们一下子就明白了：“不，不，不是暴风雨，是美军的轰

1 勒内·马休给西蒙娜·波伏瓦起的外号，他和让-保罗·萨特一样都是她哲学界的朋友。海狸喜欢群居，Beauvoir跟英语海狸“beaver”的书写很像，因此得名。

炸机，那是炮弹的声音……”战地上随即响起了警报，声音拖得很长，仿佛没有尽头。紧接着就是爆炸声。我们互相推搡着，拥挤着，踉踉跄跄地躲进了竹林边上的战壕里。就听见炮弹噼里啪啦地落下来，弹片横飞，幸亏我们都戴了头盔。当时在这样一个露天的防御工事里，我们唯一能做的就是抱着头，蜷缩成一团，任凭嘶叫声和炮弹的轰鸣声在耳边响成一片。有一颗炮弹就在战壕附近炸了一个大坑。

轰炸一结束，我们就赶紧跑到旁边的战壕里，看看在那儿的居民怎么样了。他们都没有戴头盔，一个十来岁的小女孩头部中弹，躺在血泊中，她的母亲悲痛欲绝，顿足捶胸，声嘶力竭地哭嚎着。周围一些男男女女的居民正在尽力安慰她。眼前的一切如霹雳一样击中我，我不假思索地跑过去，抱起女孩的尸体，紧紧地抱着，内心几近崩溃，悲愤难以自已。

我的同伴们把当时的情景拍了下来，我把这些照片连同其他的一起递给西蒙娜·波伏瓦看。

随着我的讲述，往事一幕幕、一帧帧地又浮现在眼前，我的视线有些模糊，嗓音开始哽咽。波伏瓦面无表情地听着，猜不透她在想什么。但很明显，我让她感觉不快了。我这样大动感情，在她看来是不合时宜且幼稚的。“把照片给我。”她突然语气生硬地对我说。然后她认真地看着照片，又还给了我，其间一句话也没说。这种安静让我有些不知所措。“唉……”她终于开始了她的责备，我无法理解这究竟是为什么，只是感受到了屈辱和失望。

“您去看那些堤坝了吗？听说全被B52轰炸机给炸毁了……”

她这是性格坚强还是铁石心肠？是冷静还是冷漠？我真的搞不懂，只能晚上在我的日记本里倾诉我的困惑和哀伤了。

罗素法庭在瑞典和丹麦进行公开审判期间，这些资料和证人（从越南战场回来的目击者）让美国佬的野蛮嘴脸暴露无遗，罪行昭然若揭。照片在法庭上传阅。美军的种种暴行——灭绝性屠杀麻风病人（对此马塞尔-弗朗西斯·卡恩教授给出了详细解说）、从直升机上抛下越南战俘、用炮弹轰炸手无寸铁的民众，以及各种酷刑——汇报材料上都有详细说明，看后全场动容。

我一边翻阅我的记录材料，一边偷偷看了一眼西蒙娜·波伏瓦。只见她笔直地站在萨特的身旁，发髻整齐，一丝不乱，一动不动地认真倾听着，她眯着眼睛，仿佛在想象着当时的场景，目光通过狭窄的缝隙仍然透出智慧的光芒，那是我第一次见到她时就为之倾倒的光芒。

她习惯性地摆弄着手上的戒指，对每个人的陈述都表现出明显的关注。

她只提问了几个问题，但充分展示了她的渊博学识。没有足够的知识储备（弹道学、杀伤弹、除叶剂的化学成分……）很难听得懂。

在宣读美军罪行时，我继续盯着她看。宣读内容很沉重，她看上去依旧无动于衷，仿佛没有任何暴行可以触动到她。某些话语、某些数据（平民死伤情况、战后损失……）加上法庭现场的反应，总会让人情不自禁地有些愤慨的言辞和举动。

而波伏瓦却没有任何反应，木雕一般地静听着，仿佛只是为了记录下这些而已。

好像这些对她来讲都不是意外，可以说都是意料之中的事情。无论是在传阅照片的时候，还是在听证人陈述的时候，她都泰然自若，看不到任何失常、战栗和震惊的迹象。

只是看到我呈上的关于河内近郊女教师被手榴弹击中的材料时，她才摇了摇头。女教师身上多处被弹片和弹珠打穿。

“主要是头……我的头……里面还有一些弹珠无法取出来……我看既然是这样，那就不要取了……”当时，那位越南女人用标准的法语这样讲述着，还很注意时态的运用。她双手抓着头，仿佛要把它拿下来给大家看：“我已经订婚了，但我觉得我不会结婚了。”她说这话的时候一直看着我，显然是想征求我的意见。最后她眼含泪水对我说：“战争太可怕了，没有人知道下一秒会发生什么……所以我宁愿一个人……也不会要孩子，因为我都不知道我将来会怎样……”

这位女教师在斯德哥尔摩的这段讲述，就如同悔悟了的美军施刑者在罗斯基勒的讲述一样，震惊全场。法官、记者、公众，无不指责这骇人听闻的暴行。

萨特看上去很专心，一直全神贯注地听着，还做着记录。而西蒙娜·波伏瓦全程没有写一个字，只是掏出一支烟，然后一边抽着烟一边看着公众，表情迷离。我当时就在想，她是否也像我一样被这些死难者的惨状深深触动，或许没我那么强烈，有那么一点点也是好的。她这时向我走过来："您的调查，太棒了，非常好……"她以一贯的语气对我说。另一个陪她一起过来的法官，眼睛已经被泪水模糊，抓住我的胳膊，低声对我说："多亏有您。"

他们二人的差别不在于各自说了什么，而是不一样的眼神、态度和声音。波伏瓦说话、做决定，以及点评的方式一如往常，没有任何变化，而另一位法官则是在强忍着激动的情绪。

几年后，又发生了一件类似的事情。事情的起因是博比尼市的一起堕胎诉讼案，年轻的玛丽・克莱尔因堕胎被控告，其母米歇尔・舍瓦利耶也因此受到牵连。由于西蒙娜・波伏瓦当时是为妇女争取权利，是保护妇女的"选择"协会的主席，所以米歇尔想找她聊聊。我安排了这次会面，并亲自陪同米歇尔来到约会地点舍尔歇路。“你不用等我了。”米歇尔开心地对我说，“我们有很多事情要聊，可能会聊很久……完事后，我自己坐地铁回去。”结果她下一个小时就回家了，会谈只持续了半个小时。她事后跟我讲：“会面很尴尬，一直冷场，我们根本聊不下去……不知道为什么……”她说到这儿，失望得想哭，再也说不下去了。她与“选择”协会主席从此再未见过面。

我对此苦苦思索不得其解。难道波伏瓦是担心女权运动和政治运动会因为“人类温柔之乳”的注入而削弱力量，失去意义，甚至覆灭吗？然而，她却忽略了一点，如果我们只有坚强和热血，失去内心柔软的一面，那么我们捍卫人权、保护弱小和受欺凌者的出发点又是什么呢？难道不是基于爱和同情吗？总之，她似乎是用这种冷漠给自己戴上了面具，让人们永远无法窥测到她的内心。

所以，对“人类温柔之乳”需要如此吝惜乃至忌讳吗？

3

公众生活与私生活，是矛盾对立的吗？

西蒙娜·波伏瓦去世后，她的养女希尔维·勒邦将她生前未发表的作品公开发表，呈现给世人[1]。这些可以说是她的私密作品，也是一部记录她青春的日志。包括她写给美国情人纳尔逊·奥尔格伦的信件，1930年到1963年间写给萨特的信，以及与雅克-罗兰·博斯特（她年轻时的情人）厚厚的通信集（982页）。通过阅读这些信件，我看到了西蒙娜·波伏瓦的另一面。

我之前对她的认知和大多数人一样，她是一个独具天赋的作家，是一个有理想的知识分子，她运用她的才华将生活提炼成作品，又用作品呼吁自由的生活。她的才华、她的独立、她的自主思考能力，以及她灵活的头脑，都是我所欣赏和羡慕的。这里是否还应该提一下她的特立独行？坚持与她生命中那些重要的男人保持距离。

这里所说的“保持距离”并不是拒绝、不信任他人，而是她作为自由女性必然采取的一种生活方式（尽管有不足），是进一步捍卫女性自由的一种手段，无论她有多爱他们，与他们相处得多么融洽，仍要坚持自我，保持独立。

西蒙娜·波伏瓦于1983年公开发表了萨特写给她的信

1 本章所有引文都出自以下几本书：
西蒙娜·波伏瓦，《致萨特的信》，第一、二卷，伽利玛出版社，1990年版。
西蒙娜·波伏瓦，《写给纳尔逊·奥尔格伦的越洋情书》（1947—1964年），原文为英语，此处为法译本，解释说明文字及注释部分由希尔维·勒邦·德·波伏瓦提供，伽利玛出版社，1997年版；Folio，2008年版。
西蒙娜·波伏瓦，《青年时代的笔记》，伽利玛出版社，2008年版。
西蒙娜·波伏瓦，《往来通信》，雅克-罗兰·博斯特，伽利玛出版社，2004年版。

件，而我们也一直期待着看到她写给萨特的信件[1]。然而，据希尔维·勒邦介绍，波伏瓦似乎并不愿意这么做。事实上，也有记者于1984年3月就此事采访过她："《致海狸的信》发表后，反响强烈，您为什么一直没有公开您的回信呢？我们都很期待，您没有这方面的打算吗？"而她是这样回答的："没有。首先，我的这些信件大部分都找不到了，因为它们不在我这儿，在萨特那里……其次，我觉得我不应该在自己还活着的时候，就公开我的私人信件。也许等我死了，如果还能找得到这些信的话，一定会有人将其公开的。"

可是她的养女让我们知道，这些信件就在她家，完好无损地保存在信封里，并不是像她所说的在萨特那里。那么，她是不是就是不想让人们看到这些信呢？

而且，即使在她去世后，将其与萨特的通信公开这个计划也不一定能实现，因为不是那么容易实现的。从她的用词"也许……""一定会有人……"，以及她故意编造信件丢失的谎言就能看得出来。

我如饥似渴地读完了这几千页纸，从中究竟获得了什么呢？

首先，希尔维·勒邦花了大量时间和精力整理、撰写、推介的这些文章，让我对波伏瓦的哲学思想、女权主义，以及她对女性的解读有了更加清楚且全新的认识，让我认识到

1 《致海狸的信》，伽利玛出版社，1983年版。

了一个多面的西蒙娜·波伏瓦。希尔维·勒邦用她的严谨、真诚和才智，以及她特有的对西蒙娜·波伏瓦的了解，让原本对读者来说晦涩难懂，甚至可能字迹都辨认不清的手稿成了波伏瓦不朽作品中不可或缺的组成部分。

让我们从头开始回顾一下她的这些作品吧！首先是《青年时代的笔记》，写于1926年到1930年间。我并没有深读这部作品，因为里面有太多不足之处——夸张、空想、对未来不切实际的幻想——就是所有青年人都会有的年少轻狂。不过，这也让我们了解到女作家青年时代除了读书以外，也有一些休闲娱乐，也像所有少女一样爱做梦，爱幻想。还有她所拥有的炽热的友情、疯狂的爱情。她就是这样如痴如醉地爱上她的表兄——帅气的雅克·尚皮涅尔的，她曾用一百多页纸激情澎湃地抒发对他的爱："是你让我变得不再平凡……如果没有你，我就只是一个爱哭的小女孩，不知道会爱你爱得如此之深……给我写不写信都不重要，我只要你回到我的身边……我的挚爱，只要你在那儿，我的眼里就只有你……只要能听到你的声音，看到你，我不在乎你能为我做些什么，我爱你，无关乎你的行为，无关乎其他一切的一切。"[1]

我只是随便抽取了其中的一段，而这只不过是少女时期的波伏瓦对雅克狂热爱恋的冰山一角，通篇都是一样地充满激情、满怀爱恋，以至于当时身边的亲戚朋友按纯正的资

1 《青年时代的笔记》，1929年1月26日，第585页以及后面部分。

产阶级传统逻辑推测认为，他们一定会喜结连理，最终步入婚姻殿堂。任何时代的花季少女坠入爱河后都是如此癫狂，且没有任何情欲的杂念……而我们的这位哲学家、知识分子则颇为早熟，虽然只有21岁，由于热衷读书，且即将考入巴黎高等师范学院，她已经开始设想着大家叫她尚皮涅尔夫人了，想象着组建自己的家庭，成为完美的女主人，有很多孩子……

但这些并没有妨碍她写作，任何情况下，她都坚持写作。而雅克越来越让她感到失望，她觉得孤独，她想摆脱这种孤独。因此，她一直在寻找，期待真正“灵魂伴侣”的出现。何为“灵魂伴侣”？她于1927年在文章里对此是这样描述的：“一个什么都懂、无所不能的人，既是我的兄长又是另一个我。”对此，我不免惊讶，一定要有这样的伴侣才能生存下去、奋斗下去，或者说正常地生活下去吗？

刚跟雅克表兄分手，她就遇到了她的“理想型男人”——女性杂志经常用到这个词，也是她口中的“小个子真命天子”，这个人就是让-保罗·萨特。1929年7月他们共同参加巴黎高师会考之后，萨特就进入了她的生活，并提出确立契约式情侣关系，为期两年，可以续约。西蒙娜·波伏瓦也权衡过这份契约带给她的风险：“我，还是那个我”，而萨特，就像他常常自称的那样，是一条“冰冷的鱼”[1]。“所

1　希尔维·勒邦引自《青年时代的笔记》引言。

以他们之间永远有一段无法逾越的距离。”希尔维·勒邦这样评价他们之间的关系。熟识萨特的人明白，波伏瓦对他的这一评价是非常准确的，他不相信永久的爱情。

而痴迷爱情的波伏瓦从此进入了长达半个世纪的爱恋之旅，当然，同时作为知识分子的她，对她的“亲爱的小个子”来讲还是魅力无限的“海狸”。在遇见萨特十几天后，她这样写道：“……他当时围着我转了一圈，试图揣测我，熟悉我……我希望他能让我成为一个真正了不起的人，于是我有些害怕，我这样一个年轻女孩，竟然毫无保留地信任这样一个男人，只要看到他，就会被他身上某种强有力的东西所震慑，他会怎么对我呢？这个可怜的……”21岁的她徘徊在“美洲驼”勒内·马尤和极度吸引她、一下子就令其臣服、“占据”了她内心的萨特之间。他会开心地领着她坐出租车（“他就是这样完全不征求我的意见，只是按照他的想法去做，但我就是喜欢他的这种专横和控制欲……”），用最简单的方式向她表达爱意，她虽完全是戏谑式地表示接受，他仍然会很开心，并告诉她他有多开心。[1]

他们在之后50年都保持着这种开放式的婚姻关系，且性关系很短暂，只有8年左右。但波伏瓦却不间断地给她的“挚爱”——她“亲爱的小个子”写了321封信，字里行间渗透着她与萨特的亲密无间，和她在情感及创作上对这个

---

1 《青年时代的笔记》。

“温柔的小个子丈夫”（1938年7月22日）的无比依赖，“我们一直在一起，我的每个想法里都有你的影子，可以说我们就是一个人，我亲密的爱人……和你相比，什么幸福，什么人生，都不值一提……”[1]

所有信件的署名都是“您迷人的海狸”，饱含对她的“亲爱的小个子”的爱意和依恋，然而这份热情却是个单行线。反复阅读萨特写给波伏瓦的信会发现，萨特一直在捍卫他的主权，他的独立自由，以保证不被“海狸”潮水般的爱冲垮。当然，西蒙娜·波伏瓦的这些信对我们还是很有价值的。她的文采，她的彩色人物绘本，她对艺术、创作、戏剧、文学独到的点评都是值得我们学习、研究和欣赏的。

这个决定——与萨特生活在一起，既没有婚姻的保障，也没有情感的约束——对波伏瓦来讲，无疑是一种冒险，因为有太多不确定性，毫无安全感可言。然而，波伏瓦同意了，不得不说她真的很有勇气，同意接受这种不平等的结合：男人决定一切，主宰一切，且可以根据他提出的两年契约随时终止他们之间的关系；而女人呢，在他看来，从第一次见面开始就只能是无条件地服从。

幸运的是，她还没有忘记写作。这个她青年时期就开始的事业，她一定会坚持到底。也正是她希望通过写作来表达自己的“我想要生命中的一切”的愿望，让我们看到了一

1 《致萨特的信》。

部不朽的人生大作。

当然，对她文学上的成就，萨特凭借其在文学界的巨大影响，是有一定贡献的。波伏瓦很清楚这一点，这也是她期待从他身上得到的："我希望他能让我成为一个真正了不起的人，但我又害怕。"

当萨特向她宣布既不想要婚姻，也不想要家庭的时候，他便把她推向了工作，推向了学习，推向了写作。"他支持她，鼓励她，鞭策她……"希尔维·勒邦这样写道。这一点让波伏瓦感到欣慰，但并没能解决她的根本问题："如何做到全身心去爱的同时又保留自我……不迷失自我，我是否就能感觉到幸福了呢？……"

因此，对于波伏瓦来讲，这只是心理安慰，为了留住她"亲爱的小个子"，她还是过上了依附他的生活。她开始想与他共享生活，但萨特并不赞成一夫一妻制，于是便提出了他的约法三章。

波伏瓦老老实实地签了这份协议——一份只利于一方的不平等协议，相信法学家看了也会这样说——但这不代表她可以一直忍受这种不平等、这种自身权利的被剥夺。

"为了避免和我的哲学家发生争吵，我选择容忍他的不忠，相信他找其他女人的种种借口。我敬他如父，相信他是一个正直的人，是这个世界上最具智慧的人，因此他只要出现在我面前，就会吸引到我。我甚至会经常成为他偷情的同谋，知道他和别的女人偷偷去度假，不但不阻拦，还帮他遮掩，撞见他带女人到家里鬼混也不吭声。（'海狸，你不懂。'他总是摆出一副我再熟悉不过的忧伤且带些孩子气的表情跟我说……）我努力不让这些乌七八糟的事情扰乱我的写作，打破我的宁静。”

在我的记忆中，波伏瓦和萨特曾有过一次颇为激烈的争吵，是我无意中听到的。争吵因嫉妒而起。当时的情景是，波伏瓦大声斥责，而萨特因理亏有些词穷。两人的争吵以萨特答应多陪她一个晚上，作为他犯错的补偿而结束。

我还记得，当时听到这里的时候我有多崩溃，是那种发自内心的不舒服。

丈夫一时的出轨、夫妻间的隔阂、妻子因为醋意大发而大吵大闹，这些俗人才有的表现，也许有人会认为这很“正常”，却完全颠覆了他们在我心中伟人夫妻的定位。

西蒙娜·波伏瓦所认为的“必然的”和“偶然的”爱情将她与萨特绑定的契约、她的创作才华、生活智慧让她选择的这种与爱人结合的特殊方式，以及她自以为选择这条可以和平解决困扰凡人矛盾的完美道路，所有这一切，这种自以为的明智之举，并没能阻止她成为言辞激烈、因吃醋嫉妒而大吵大闹的怨妇。

几千年来，人们都是通过婚姻结为夫妻。而我们的大哲学家在遭到女权女友的谴责、控诉的时候，是这样用语言和文字告诉我们的，也可以说是发誓保证的：他们的“契约”保证他们的夫妻关系不落入俗套——嫉妒——并因此开启一种全新开放式的夫妻关系，彼此尊重对方的选择，保证对方的自由。

听到这里，我莫名地感到某种不安，我不想再听下去了，我决定离开我的房间，而我的两个偶像仍旧继续着他们的争吵：萨特结结巴巴地为自己辩解，波伏瓦坚持要他给出交代。

在经过他们房门的时候，我正好听见他们达成用一个晚上来弥补出轨行为的和解协定。波伏瓦当时是这样说的："就这么说定了，不许变，去通知阿莱特吧！"我快步走出了宾馆，想快点避开这可悲的宣告。他们在我心中曾经是神一样的存在，是我生活的楷模、奋斗的方向，然而这句"可悲的宣告"摧毁了这一切。他们都是人中龙凤，常人眼中出类拔萃的人物，可是此刻，他们的卓尔不凡都去哪了？她对所有女性是那么重要，她还曾经教导妇女们：几千年了，人们是如何给妇女戴上枷锁，捆绑奴役她们的。不得不说，她真是一个当之无愧的捍卫女性自尊和独立的理论家啊。

但是萨特那天[1]发表的演说还是提升了我对他的好感，而我想问波伏瓦的问题却更多了。

然而，我一直没敢问她这些问题。几年来，我一直试图通过对比她之前的作品和去世后出版的作品来找出答案，

1　这一天指的是，1972年2月25日，萨特应邀去布鲁塞尔参加庆祝Jeune Barreau回归活动，当日发表了权威演讲，主题为"司法与国家"（《处境种种》（十），伽利玛出版社，第70页）。我当时也在场，同行的还有西蒙娜·波伏瓦和阿莱特·埃尔卡伊姆-萨特。当时我宾馆的房间与他们吵架的房间只一墙之隔。

毕竟后者更客观、真实一些。[1]而两部分作品的对比正好反映出她性格的矛盾对立性。

我认为我很了解波伏瓦，而且作为她的读者和她的战友要比作为她的朋友了解得更为深刻。

在我看来，最能定位波伏瓦，也是将她推上人生巅峰的作品就是《第二性》。此外，我也喜欢她的小说，读过她的随笔（其中《模糊性的道德》，我认为是最好的），还用很长时间读了她的四卷自传[2]。

她和她的情人们——萨特、博斯特、奥尔格伦——的那些不为人知的故事，让我一下子就明白了如何区分她所谓的“偶然爱情”与“必然爱情”，以及不同爱情对这位与众不同的哲学家造成的影响。

阅读了她于1947年和1963年（3封写于1964年）写给她的情人——美国作家纳尔逊·奥尔格伦的部分信件（希尔维·勒邦总共发表了304封信）后，我陷入痛苦的迷茫之中，如中毒一般难受，之后是无尽的担忧[3]。

为了走出迷茫，我开始重读（试图找回原有的信心）《第二性》

1 我不太愿意提起波伏瓦与她的情人雅克-罗兰·博斯特的通信（《往来通信》1937—1940年，伽利玛出版社，2004年版），那时她29岁，他21岁。他们之间的联系持续了十几年，而海狸在认识萨特的第三天（1938年7月27日写给萨特的信中）就向他坦白了这段情史。从他们俩的这些书信里看到的是一方（海狸）强势，占主导地位，而另一方是一个受了迷惑的年轻人，不得不向“偶然爱情”持有者的命运低头。

2 《一个循规蹈矩的少女回忆》（1958年），《岁月的力量》（1960年），《时势的力量》（1963年），《了结一切》（1972年），伽利玛出版社和Folio。

3 《写给纳尔逊·奥尔格伦的越洋情书》。

和我日记中有关我和她见面的记录，包括我们做了什么、讨论了些什么，以及我对她的欣赏和赞叹。读后不免有了这样的疑问——一个押上了我女权主义信念的疑问：她是如何做到在写《第二性》的同时又写了这样的书信的呢？

从这些信件中使用的称呼“西蒙娜”可以看出——她的美国情人奥尔格伦这样叫她（“海狸”是专属于萨特家族的称呼）——她对爱情的狂热、天真和将情人看作丈夫的不切实际。“专属于我的丈夫”“我最爱的丈夫”“我将会是你最爱的妻子，永远和你，我最爱的丈夫在一起”“专属于我的丈夫……是的，我会耐心等待，直到与你相伴到老，做你永远的妻子，并且我们会一如既往地幸福下去……您就是我的血与肉、灵与魂……”。这也是令我感到惊讶的地方。

这种做“永久夫妻”的幻想不时出现，自打萨特强加给她“契约婚姻”之后，她就有了这种幻想，也可能是一种发泄吧！

她的每一封情书都可以当成写作范本，无一例外，如果她不是只关注艺术和文学作家（加缪、萨特、热内）的话，一定会有一批热衷言情剧和妇女节目的年轻女子因看了她的情书而成为剧作家或影视编剧。

下面就随便抽取几封给大家看看。

写在她与奥尔格伦第一次分别（1947年5月17日）之后：“我在蓝色的海洋上空哭泣，但泪水是甘甜的，因为那是爱的雨露，是我们之间爱的雨露……飞机、爱情、蓝天、忧伤和希望织就了我的世界……您拥抱着我，我搂紧了您……”而第二天“终究还是要分开，因为爱您，我的心难以承受这分离的痛苦……您将会遇到很多爱人……但只有我是您永远的妻子，您唯一的西蒙娜”。(1947年5月23日)“我戴着您送我的戒指，这是我人生第一次戴戒指……”。[1]

和这封信一起寄出的还有西蒙娜·波伏瓦亲手采的鲜花，“另附上我专为您采摘的法国小花”，她这样写道。

1948年末，这位大西洋彼岸的情人，厌倦了这样的异地恋，开始渴望摸得着、看得见、真正“属于他的东西”(妻子、家庭)，这让西蒙娜极度害怕。她怕他去找别的女人。但她的激情丝毫不减：“我只爱他(纳尔逊)，我只要他，非他不可，我要他完全属于我，我也完全属于他……想到这儿，我就会兴奋到颤抖……我是属于您的，我的挚爱，我是您的小宝贝，您的西蒙娜。”而两天前的西蒙娜是这样写的：“我已经订好沙滩裙，就等着去湖边游玩了。”并再三重申：“在我们的小房子里，我们一定会很幸福的，我的挚爱温柔可爱。”“有一个属于我的家和属于我的男人，足矣。”

这让我不得不自问，这个疯狂爱恋奥尔格伦的西蒙娜和《第二性》的作者波伏瓦到底是不是同一个人？这位痴情女还是自己生活的主宰吗？抑或是已经被爱情冲昏了头脑，跟大部分女人一样，变成了男人的附属品了呢？还有，是否恋爱中的女人就可以轻易放弃她的主体地位呢？

1　西蒙娜·波伏瓦被火化的时候依然戴着这枚戒指。

我并不想通过这几封信就给西蒙娜·波伏瓦定性——我自认为也没这个能力——只是想借此提几个问题。

首先，她为什么频繁甚至是过度使用一些与事实不符的词，或者说自打遇见萨特后就不可能用得上的词？“一个温柔的丈夫”“(我将会是)一个可爱的妻子”“我的家”“我们的小房子”“(我想要)一个家，和我的男人住在里面”。

且不提她年轻时强烈想成为雅克·尚皮涅尔夫人的那段青涩历史。

但是必须承认，这种夫妻间才会用到的词，波伏瓦在给萨特的信中用得少之又少。原因显而易见，因为萨特一开始就宣示了主权，明确提出了他们在一起的条件：不结婚，以契约的形式在一起，为期两年，且各自都有再找情人的自由。这让波伏瓦别无选择，或者说她的选择很有限——在萨特允许的范围内分享他的生活——可以说，萨特没有给她留下任何商量的余地。所以，我们是否可以认为，她会永远将萨特放在优先考虑的主导地位，而她自己只是个陪衬，即“他者”呢？

相反，萨特却从未用过这类超出情人关系的词语。在他给她“迷人的海狸”的信件中从未有过“家”和“妻子”这类词出现，连一星半点这方面的想法也看不出来。

而当“西蒙娜”写信——304封信，几乎是每天一封，且全部用英文——给她的美国情人奥尔格伦时，却毫无保留，完全是任性而为，随心而动。即使在她于1950年从美国回来时他宣布不再爱她了——她的书信却仍因“她不甘放弃的爱”[1]而炽热、滚烫。

是不是这样可以让她把和萨特在一起时不能有的情感和欲望全部释放出来呢？让她把在萨特处缺失的公民权、成家权在奥尔格伦的身上找回来呢？当这位美国作家走进她的生活的时候，她是否像她信中所写的那样，满怀惊喜地找到她从少女时就梦寐以求的夫妻同心一体，即身体—心灵—精神的一致呢？

信任、拥有、亲密无间且永恒的爱、夫妻、家庭，她此时终于可以将这些词汇通通说出来、写出来，因为她终于感受到了这一切。

我们姑且认为奥尔格伦是因为失落、不善言辞、忍受不了寂寞才威胁说要娶另一个女人，要抛弃西蒙娜的，但西蒙娜并没有放弃。她还在为他们的约会精心挑选裙子，因为她仍然坚信他们的感情是可以挽回且维持很久的，坚信他们的感情可以超越空间上的距离，尽管她的爱人很少给她写信(1957年1封、1958年1封……)。

因爱情而产生的情感依赖问题在她身上再次出现。当然，她并没有完全屈从于奥尔格伦的安排。她拒绝嫁给他，拒绝和他永久生活在一起，并单方面决定缩短她在美国的居留时间。于是另一个问题又出现了：是什么力量比爱情更强大，能够让她有这样的坚持，尽管坚持的内容很有限？答案

1　写于1950年11月10日的信。

是面对她的美国“温柔的爱人”，西蒙娜突然出现的坚持独立的念头，难道不是波伏瓦与她的“亲爱的小个子”萨特结合导致的必然结果吗？

换句话说，波伏瓦难道不是用另一种依赖——出于必然的爱情，对让-保罗·萨特的依赖代替了前一种依赖——出于激情，对纳尔逊·奥尔格伦的依赖吗？自打她遇见萨特之后，她就感觉到了她对他的过分依赖，出于焦虑，她曾这样写道：“我失去了我的骄傲，也就等于失去了我的所有……”而希尔维·勒邦对此是这样评价的：“这一点构成了她最大的人格缺陷，就等于她自己抛弃了自己。”[1]

波伏瓦曾回忆说，从1931年（她当时在马赛任教）开始，她又重拾了自我，然而，她后来的生活、爱情，以及书信内容并未能印证她的这个说法。

无论她的生活境况如何、她的感情经历怎样，她对写作的热忱没有变。这让我们有幸看到了她作为作家、哲学家和女权主义思想家的一面。而遇见萨特是她的幸运，因为萨特一直坚持不懈地支持她的事业和写作。这也让她的事业和她的爱情不但没有发生冲突，反而相辅相成，相得益彰。是萨特让写作成为她性情的一部分，成为她的武器，促成了她的蜕变。

那么，公众生活与私生活究竟能否和谐统一、步调一

1 《青年时代的笔记》。

致，且互相助力，砥砺前行呢？

疯狂如她所述，可以是斗争中的勇士，创作中的天才，一个有思想、擅说教的女作家，本来和她前两个情人中的任何一个在一起都可以过上平稳安乐的生活，可我们的作家偏偏疯狂地爱上了冒险，不惜以平稳的人生做赌注，给世人留下无尽的猜想、惊讶和众说纷纭。

然而，没有人会提及这一矛盾对立：公众面前是楷模，自己的生活却一塌糊涂，典型的说一套做一套。

如果一个战斗英雄生活中只会逃避，是个软弱、怯懦的人，就像我们的小说家波伏瓦，一面告诉妇女们美德至上，一面自己过着夜夜笙歌的放荡生活，您会有何想法？又好比一个反战、反军国主义者是否会容忍军火贸易的存在呢？

有太多事例可以印证西蒙娜·波伏瓦的这种表里不一、自相矛盾了。所以，我有时就会想：《第二性》的作者波伏瓦与那个梦想着与奥尔格伦天长地久的西蒙娜，还有那个因欣赏萨特的卓越才华宁愿不要自己的人生，放弃自己的前途，甚至接受萨特不平等婚姻契约也要和他在一起的海狸，是同一个人吗？她这是表里不一，是精神分裂[1]，还是多重人格？

为什么任何情况下她都不争辩，也不解释？为什么她永远保持沉默，内心害怕却又装出谦卑的模样？如何解释其女权主义的理论与实践各行其是、互不干涉？是否应当对任何事情都持同一态度：禁止质疑任何信条、教义和政治禁忌？

恢复言论自由权迫在眉睫。

读了她这些书信之后，我的内心很慌乱，同样的疑问反复出现，却没能找到真正的答案，无奈之下，我选择放弃，不再纠结，告诉自己“这不重要，坚持自己的信仰就够了”。

毕竟还有《第二性》的存在，我有幸读过它，且因此令我的人生发生了改变。至于它的作者西蒙娜·波伏瓦，能有这样的作品也可以说是不负自我、不负他人、不负女权主义了。

1　西蒙娜·波伏瓦有时会这样形容自己（据希尔维·勒邦的介绍）。

4

我的女权之路

如何成为一个女权主义者？是否有标准的道路、现成的经验和方法可以让一个普通女子，或者本本分分（我母亲常用的词）的女子蜕变成一个敢为天下先的革命者？这是一场真正的革命，是20世纪最重要的革命，只是它与同时代的大革命是同根同源、殊途同归，还是背道而驰、完全不同呢？它的原则、尺度与阶级斗争，以及进而引发的经济斗争，或者更准确地说是马克思主义革命，是否相通呢？

这是争论已久的永恒问题。答案可以归结为两点：

一是性别不平等与阶级不平等不能混为一谈，尽管后者会加剧前者。

二是妇女革命捍卫自身权利，有其特定的行动方案和策略。

那么，马克思本身真的对这个话题感兴趣吗？据马克思主义研究专家统计，其中一部著作只用152页来阐述女性命运（其中还有一部分关于爱护儿童的）。[1]

亚历山德拉·科伦泰[2]，苏联布尔什维克党内

1 吉赛尔·哈利米，《马克思主义与女权主义》，论文，伯克利大学，1981年。

2 亚历山德拉·科伦泰（1872—1952年），俄国左翼共产主义者，女权主义者，第一位女公使（驻挪威公使、驻墨西哥公使、驻瑞典公使）。

妇女事务负责人，在1910年巴塞尔会议上大胆提出阶级斗争与女权运动是密不可分、相互依存的，应将二者结合起来。

而弗洛拉·特里斯坦在1843年，也就是马克思发表《资本论》(1867年) 之前，恰当地道出了妇女们的绝对不幸："妇女是无产者中的无产者。"

可见，摆脱经济上的压迫是妇女斗争的原动力。所以我要说的是，由于经济领域直接影响[1]着思想领域和文化领域，因此妇女斗争问题才是优先要考虑的问题，在所有斗争中处于核心地位。[2]

只是这一关系到斗争等级划分的论断，到今天应该有了些许变化。

27国集团的成立让欧洲变得井然有序，全球化问题的重心发生了改变。但女权主义对文化领域的冲击仍然存在，核心话题就是性解放。对于这个话题，和其他话题——卖淫、代孕、政治参与、上夜班、戴面纱……一样，女权主义者们，无论是有组织的，还是独立个体，她们的意见并不一致。令人吃惊的是，持反对意见的大有人在，遍布各行各业，且颇具代表性。"性别意识"与

1 尼科斯·普兰查斯，《政治权利和社会阶级》，发现出版社，1982年版。

2 Cf.《妇女的事业》。

“阶级意识”一样，也会有间断的时候，历史学家米歇尔·佩罗这样提醒我们。

一些党派、工会、五花八门的协会、民间运动，过去是什么样，现在再看看又是什么样？分歧、不合、互相排挤，甚至分崩离析……因此，不同历史阶段会有不同的产物。

我想强调的是，女权斗争与其他斗争最大的不同，就是尽管它有过分裂、排除异己、内部清算，但从来没有引发过流血事件，也没有过杀死叛变者或敌对者的情况。相反，其他斗争则是血腥的具有杀戮性的。可见，女权主义是具有人道主义特征的，单就这一点就应该引起世人的重视，引发世人的思考。

那么，现在来说说我的女权主义吧，一种坚持思想独立、行动抱团的女权主义。

去年，有一次我刚做完报告，就有一位年轻女子问我：“那么，您本人又是怎么成为女权主义者的呢？”她用手指着我，强调道，“对，就是您，您本人。”我当时就觉得我确实有必要讲讲我的女权之路了，也许这对大家总结经验、归纳普遍规律能有所帮助，至少可以少走一些弯路……

我是这样回答她的：“我幼时经历过很多艰难困苦，这造就了我的批判意识、叛逆性格，我拒绝别人强加给我的世界观。经过所谓‘读万卷书，行万里路’后，大量的阅读让我成长了很多，我开始要求破除那些不合理的传统观念，摆脱社会陋习。当然，这不是一朝一夕的事情，有很多根本性的重要问题需要解决，为此，我理所当然得做大量的工作，付出艰辛的努力。”

可以说，我的童年是在周围人的斥责声中，背负着刻有“谁让你是女孩”的十字架屈辱地度过的，简直不堪回首。因此，我是一定要打破“天生是女性”这道枷锁的，当然再也不会让其他任何巧设名目的枷锁套在我的头上。

我答应提问的女子会就此写一封长信或者一篇有一定教育意义的文章，然而我什么也没做。因为我觉得我有必要先自我反思一下，然后认真记录下我的思考结果。

恰逢西蒙娜·波伏瓦100周年诞辰，面对各种形式不同的庆祝活动和其间留下的某些遗憾，我终于下定决心写这本书。书中会回顾我人生不同阶段的重大事件，即那些促使我投身女权运动的事件。对比过去，我会（聚精会神）打量今天的女权主义。至少研究分析一下它的主要特点，谈谈它的发展进步，也会揭露它的不足、不公，以及它暗藏的虚假欺诈。因为保持沉默就是同流合污，就是助纣为虐。我当然也会展望一下未来，思考一下现在我们应该做些什么。

首先我要展望未来的欧洲，对于妇女们来讲最好的欧洲。

我还是要重申一下，我最初对女权主义的理解是狭隘的，因为我儿时和青少年时的反抗没有什么理论指导，也没有组织建构，完全是自发的，也不可能上升到性别概念，更没有形成为全世界妇女争取平等权利的全局意识。

最开始让我感受到女人的卑微的是我们的身体，因为这种切肤之痛必然来得最直接。我18岁时就发觉我们的身体并不属于我们自己，而是要无条件地服从法律、教规、社会礼仪规范，而这些条条框框的制造者就是男人。

在经历了偷偷堕胎的恐惧之后，虽然没做过多思考，但我已经感受到了拥有自主选择是否生孩子的权利的快乐。

今天，我不会再言辞激烈地谈或写这个话题，但是不意味着问题已经解决了，危机仍然存在，在伺机扼杀女性自由选择的权利。

还在孩童时，我就感受到了经济上依附男人带来的耻辱，因为看到母亲每天必须向父亲报账，后来我又隐约看到了这种依附带来的束缚和屈从。

随着读的书越来越多，我开始质疑我的政治道路。它与女权主义道路是永远不会交汇的平行线，还是互为补充，抑或是互相交融的呢？

这些观点和想法都是我人生经历的浓缩、心血的结晶，共同构成了我的思想体系，让我在这个色彩纷呈的大千世界中得以树立起自己的一面旗帜。所以，我要先从它们开始讲起。

今天的女权主义仍然面临严峻的威胁。我们这个社会还有很多靠出卖灵魂和伪装欺诈活着的寄生虫。那些以给（被女权主义者）撕下贞洁面具的白人写文章进行辩解以谋取利益的人；那些将鸡毛蒜皮的小事夸大其词，制造有关“女权”的独家新闻的人；还有那些打着女权的旗号（就像当年维希政权和法兰西打着共和国旗号一样）谋取权力、金钱和名誉的人。居安思危方能进步，希望年轻一代能够朝着更高、更远的目标出发，为妇女争取更多的自由，让男人们摘下男权面具（日夜戴着大男子主义的面具，不累吗？），还妇女平等地位。尤其是要告诉他们，休想再统治压迫妇女了！

总之，这就是“我的女权主义”，我走过的路和我的选择。尽管表面上看是我的一个个经历总结，但是整体上来说还是具有一定广泛适用性的，因为正是由于我最初的目的是获得自我解放，所以我才是离妇女群体最近的人，才会真正地了解她们的疾苦，感受她们的艰难。所以我总结出来的经验和方法才更有针对性，更具实用价值。

为什么女人就要被轻视、被贬低，甚至被鄙视和遭受暴力呢？就因为她是女人，仅仅因为她是女人吗？于是，我从为自身争取权利上升到为全世界女性争取权利。

但愿我们没有走错路。我就是这样从一个不堪忍受歧视压迫的小女孩，本能地成为一个女权主义者的。

5

从身体革命开始的女权主义

15岁之前，我都没有想过这个问题。因为在那以前，我的身体只听从大脑的支配，它是动是静，只取决于我的需要和意愿。它属于我，它就是我，没有它，我也就不复存在了，有了它，我才是我。

我的青春期来得比较晚，这让原本就为我忧心的父母确定我和其他女孩子不一样。“一个怪胎”是我父亲爱德华对我的戏谑称呼。之前，我完全没有注意到我身体的变化，直到有一天，我发现它流血了，我当时吓坏了。母亲神情凝重地悄悄告诉我，我是来月经了，从此我就是“大姑娘”了。“以后，你每个月都会经历这几天不适……也代表着你可以嫁人了。”我表示强烈抗议，因为我还不到15岁，我要上学，我要自由。“自由？女人要什么自由，女人的一切都注定是要属于她的丈夫的！”也就是说，我的身体完全属于另一个人，我只能活在别人的意愿里。接着，我的母亲又絮絮叨叨地叮嘱我：“结婚之前，你不能让任何人碰你的身体，你要把它完完整整（她没敢直接说“处女”这个词，可能还是羞于出口吧……）地留给你的丈夫。”

所以，这个身体从来就不属于我，并且还有人告诉我它永远都不会属于我。这一命运——完全剥夺我拥有自己身体的权利，尽管即将进入青春期的我强烈拒绝接受，却也无力回天，它让我和我的身体之间有了距离感。我因此不再喜欢我的身体。

我听任自己变胖（实际上是足够丰满）、变丑。我也不大在意我的外表，随便扎个辫子或者其他什么发型，无所谓难不难看，且每天都是素面朝天，穿的衣服都是日工裁缝草草缝制的。有什么重要的！只不过是别人的“附属品”，尽管我拼尽全力抗争仍然难逃这一命运，这让我的内心一直愤愤不平。

真正的人生打击来自我的第一次堕胎。[1]那是我18岁那一年，我当时在巴黎读大学，还没经历过性行为的我，为了重新拥有自己身体的所有权，挑战家庭戒律，跟一个希腊男生去了他的房间。

发现自己怀孕之后，我才知道我的这次挑战失败了。我的身体突然变得充满敌意和威胁，我只能向它低头。它安排我做母亲，可不管怎样，再难我也不会放弃我的学业和我的自由。无论从理智上还是情感上，我都不愿接受这一难以挽回的后果。堕胎在当时是违法的，可我别无选择。我在孤独和恐惧的碾压下，忍受着痛苦的煎熬。我需要筹钱，需要偷偷找打胎的人。是的，我被我的身体出卖了，但我还是要让它执行我的命令，听从我的意愿。我当时还不想要孩子，“孩子？”当时并不适合这么称呼它，因为它对我来说只是一个陌生人，一个硬闯入我生活的入侵者。

我不想要我身体里这个不速之客，一个侵蚀我身体的寄生虫。那一刻，我感觉我长大了，成熟了。已经从一个叛逆的女孩成长为一个不屈不挠的女人了。我大概天生反骨，

1 Cf.《妇女的事业》。

不甘做受压迫、受束缚的奴隶，发誓要砸碎身上的锁链，获得真正的自由。

几年后，已婚且已经是11个月大孩子的母亲的我，再次重蹈覆辙，又“中招”了，“中招”这个当时的流行词用来形容我们那个时代的怀孕妇女，再贴切不过了。当时避孕和堕胎仍然是严令禁止的。而我和我丈夫既不想也没有足够的经济能力养育第二个孩子。怎么办？依旧是同样的路数：筹钱，找人打胎，且依旧是偷偷摸摸，充满恐惧和负罪感，依旧是冒着伤害身体和触犯法律的风险。

我当时正在为一个重要的政治诉讼案（当事人是为突尼斯争取独立的战士们）做辩护律师。准确地说是我必须为其辩护，因为这个案子涉及穆克宁。而当听到导管插入肚子、出血，我就晕过去了，然后被紧急送往医院。堕胎事宜就此告一段落。

记得大概是五六年后，我还跟莫里斯·梅洛-庞蒂就如何定义身体进行了激烈的讨论。大家应该知道他那篇现象学论文——身体不是客观事物，而是主体。

所以，在他看来，身体与人格是统一的，不应该分开来看。我还记得我当时一边听他这样说，一边心里对自己说，这位大哲学家说这话完全是从男性的角度考虑的。因为男人确实与他的身体是一体的，而女人则是分离的。在他大谈身体于每个人都是一样的，都是人的一个组成部分，听从大脑支配的时候，我一直保持沉默。因为我觉得他的这种说法与画草图，临场作画没什么区别，有些浮于表面。

因为深入社会就会知道，妇女没有任何支配自己身体的权利。就拿怀孕这件事来说，它可以以生命的名义占据她们的身体，又霸道地左右她们的人生，还不让她们有拒绝的权利。意外怀孕了就得被动忍受，甚至酿成悲剧（偷偷堕胎）。所以哪来的身体永远听你支配？意识到这一点，我感觉自己又成熟了很多。

意外怀孕这个大麻烦，不仅妨碍了我的自由，扰乱了我的生活，也让我认清了一些社会问题。

然而，我对自己都是这样的无能为力，还能指望说服别人、保护他人吗？

一个律师、司法辅助人员，却因堕胎而触犯了法律。

我一直认为女人的这种无能为力就是一种不幸。我无法接受，也不能忍受这种不公正给女人带来的压迫：社会并未提供让女人遵守这项法律的基本保障（性教育和避孕知识为零），导致女人除了违法找不到第二条路可走。我也接受不了女人必须听从自己身体的支配。创造生命应该是件美好的事情，不应该用来承担失败或意外造成的后果，而应该是理智且负责任的选择。这也正是我们共和国法典应该秉承的原则。

我就是这样从为女人争取流产权利开始我的女权斗争的。那几年，它全方位占据了我的生活，从社会生活到文化生活，从法律法规到政策方针。

经过多年的斗争，历经艰难困苦的磨砺，我明白，应该将女权斗争与社会经济格局联系起来。

诚然，禁止堕胎是针对所有女性的，无论你是有产阶级还是失业者，但是对其造成的后果却大不相同。前者可以堂而皇之地无视这个禁令，也不需要因此走上法庭，接受审问。而后者则需要冒着损伤身体，甚至失去生命的风险，求助黑诊所堕胎往往会给她们留下难以抚平的悲惨记忆。所以，经济条件差的堕胎者的负罪感和后续影响要远远大于经济条件优越的堕胎者。

但是，对于所有女性来讲，堕胎合法都是她们应该争取的基本权利，是她们本该享有的基本自由。

前面说过，我几年前读过《第二性》。如今，我又重读这两卷书，试图为女权斗争找到一些指导。然而，我只能说，没什么用，因为我们需要的是革新。

我写这些并不只是为了回答那个好奇的提问者，而是想以一个过来人的身份提醒年轻女性们，在挑战权威——《343宣言》[1]和法律（博比尼诉讼案）[2]——的同时，不要被动地等待别人赐予

---

1 “法国每年堕胎的妇女有一百万之多。堕胎在正规医院是非常简单的手术，在条件简陋的黑诊所就会很危险，但由于堕胎违法，妇女们除此之外别无选择。无人为这几百万妇女发声。我今天就要大声宣布，我就是她们中的一员。我堕过胎，我要求避孕自由，堕胎自由。”这篇宣言于1971年4月5日刊登在《新观察家》周刊上。一家报纸善意地戏称为343荡妇宣言。

2 1972年，选择妇女运动协会承接了玛丽·克莱尔·舍瓦利耶的诉讼案，她16岁，被强奸后怀孕，因堕胎被起诉，其母米歇尔也因此受牵连。我和我的律师团队负责为其辩护，我举了很多大人物的例子作为辩护依据，包括两位诺贝尔医学奖获得者莫诺教授和雅各布教授，生物学家、科学院院士让·罗斯唐，米里耶教授，还有众议员艾梅·塞泽尔、米歇尔·罗卡尔、路易·瓦龙和达维·鲁塞，以及以西蒙娜·波伏瓦为代表的女权主义者，演员德尔菲娜·塞里格和弗朗索瓦丝·菲比安……

经过激烈的法庭辩论，玛丽·克莱尔被无罪释放。她妈妈与另两个“同谋”被判罚款500法郎，延期执行。我们拒绝接受这一判决。如同博比尼被告的上诉请求一样，再无回音。

这起案件在社会上引起了公众热议，激起很大反响。1974年12月20日法律通过公民享有自愿流产权（又称韦伊法）。

的权利，而要成为人生的主导，主动争取权利和获得权利。

《343宣言》是反抗或走在反抗道路上的知识分子与顽固的守旧传统的又一次碰撞。但是文本是妇女起草和构思的，因此具有其独特性。这项法案证明了我们将未来掌握在了自己手里，没有听任别人窃取妇女斗争的领导权。

在众多实名或匿名参与者当中也不乏女性名人，如：玛格丽特·杜拉斯、弗朗索瓦丝·萨冈、西蒙娜·波伏瓦、克里斯蒂安娜·罗什福尔、凯瑟琳·德纳芙、德尔菲娜·塞里格……

我们要呼吁公众觉醒。我们这343名女性公民是违反了法律，我们对此不仅要承认，还要大声地宣布出来，我们要的是废除这项法律。我们很清楚这样做的后果，可能会被镇压，但我们愿意且勇于承担这一后果。

无论是从伦理还是从道德上来讲，人类自由都是崇高不可侵犯的，以此为原则，妇女不应该成为她们身体和生育宿命的奴隶。她们的身体应该属于她们自己，她们才是自己身体的主人。此外，一项打压穷人、姑息富人的法律就应该废除，因为这是不公平、不道德的。我们誓要反抗，但我们的反抗要以协商、和平和民主的方式进行。

对，没错，这确实关乎民主。

我们身处法治社会（时刻要有法可依），当我们宣布一项法律不公正，需要废除的时候，我们就得赶紧制定另一项更权威、更全面、更具效力的法律（以代替上一项法律）。

为了让公众了解更多，“选择”女权运动协会（当时由西蒙娜·波伏瓦担任主席）、我与一个勇敢的出版发行人[1]合作，全文发表了博比尼诉讼案法庭辩论记录。这在当时属于违法行为，因为那时的新闻法（1881年7月29日颁布的法律，第39条）规定：禁止公开堕胎案件庭审记录。所以，公开此类（典型）案件的审理过程当时在法国还是第一次。从此，因堕胎被起诉的妇女不再被判有罪，算是默许了妇女的这项权利。

因此，我们的这次“民众抗议”可以算是完美收场，是一次尤为成功的民众运动，并很快在国内外引起极大反响。

当然，避孕手段得到切实普及后，堕胎应该算是比较极端的手段，属于不得已而为之的特殊情况。在“选择”协会创立之日，我曾提出这样硬气的口号：“避孕是我的自由；堕胎是我的终极防线。生育与否，我自己选择。”然而，未成年和20岁以下的堕胎者的数量告诉我们，事实并非如此。[2]年轻女孩往往将堕胎视为避孕的手段，还有少数无知少女怕自己没有生育能力，要以此来验证一下自己是否能正常怀孕。

精神分析专家要是知道有这样的人存在，肯定会很感兴趣，只是她们中大部分人的这种不负责任的行为真的很成

---

1 安东尼·伽利玛，《允许堕胎：一项诉讼中的法律——记博比尼事件》，文章由“选择”协会提供，coll. Idées, 1973（售罄）。《博比尼诉讼案》一书出版，“选择”协会提供，伽利玛出版社，2007年版。该书被改编成同名电视剧，导演是弗朗索瓦·吕西亚尼，于2006年3月26日在法国2台播出，有很高的收视率。

2 在法国，这个数据大致趋于稳定，2006年有209700起自愿流产案。

问题，关系到她们是否真正懂得行使那些为她们争取来的新权利。权利的行使需要严格遵守纪律（尤其是要严格要求自己）和履行作为公民和妇女的义务。她们这种用堕胎代替预先避孕的做法，一方面说明了她们的不成熟，另一方面证明了她们没有认清我们斗争的本质意义——获得生育或不生育的自由选择权。

由于她们生来就拥有了这项权利，她们就认为这是理所当然的事情，既然法律都允许，她们认为自己的做法就没有错。然而她们并未将其融入女权斗争当中。女权斗争除了要求平等，还要为它的主体成员（妇女）争取独立自主权。帮助她们在众多自由中找到属于妇女的根本自由，即自身存在的自由。而脱离了这一哲学依据，这项权利就只能被肤浅地理解为单纯的堕胎自由了。这完全背离了我们当初争取该权利的初衷，也丧失了它的本质意义——让想获得自由的妇女看到更广阔的未来。

很多年轻的女性认为，享有避孕和堕胎的权利就可以让她们获得彻底解放，并且，如果不这么做，光说自己是女权主义者或参加过这样或那样的女权运动都是没有用的。殊不知，女权运动的目的是让妇女在社会各方面都取得平等权和应有的尊严。

现在，让我来告诉大家获得这一权利的真正意义是什么。首先，是性与生育的分离，妇女们在享受身体愉悦的同时不再背负生育的负担。她们因此可以有自己的工作，获得经济上的独立；可以自主规划自己的学习、晋升、生孩子的时机和数量。其次，是获得作为女人人格上的独立，不想生育就可以拥有不生的自由。最后，再也无人可以质疑夫妻地位平等这一转变的合理性，以及妇女有更多选择（孩子的数量、计划性生育……）的可能性。

写下这几行字的同时，那些曾经来我事务所或“选择”协会寻求帮助、因堕胎被起诉的妇女们的绝望表情又浮现在我眼前了。

对于她们来讲，除了有损健康，也就是身体上的影响，最致命的还是精神上的打击，她们迷茫了，不知道（获取）自由的意义乃至生命的意义何在。

如果未来，我的女儿和孙女只知道舒服地享受避孕丸的方便快捷，而没有把它和女性的艰难斗争、痛苦抉择联系起来，那么她们就太没有记性和想象力了。

所以，这一生育自由的获得是女性全方位获得自由的敲门砖，如果它的这一特点没能很快深入人心的话，那它也就只是一项法律规定而已了。

6

母性是陷阱，还是爱的港湾？

一直以来，女人都是心甘情愿进行生育的吗？答案不言而喻。最初的人类将生育看成生命的奇迹，认为是大自然神奇的力量注入女人体内幻化而成的，后来又无知地认为创造生命主要靠的是男人，完全无视女人孕育生命的艰辛、生产的痛苦。再后来，把生男生女的责任也推到女人头上，甚至在今天的某些地方仍然存在着这样的陋习：如果妻子连续生两三个女儿，丈夫就可以理直气壮地休掉她。女人如果不能生育，就更是罪孽深重，也同样难逃被休的命运。索拉亚的悲惨遭遇让多少乡村女孩为之哭泣，又引起多少多愁善感的公主、贵妇的热议，以致刊载杂志销量直线攀升。

而家族事业（乡村也好，城市也罢）的继承者也只能是男性。“这也是为了家族的荣誉。”我父亲经常这样说，因为只有男人才能传宗接代，延续香火，光耀门楣。

过去，突尼斯的平民男子总是一边做出捻须状（其实根本没有胡子），一边谈论他们的男性子孙，还经常故作漫不经心地加上一句：“那个谁谁，一定会怎样怎样的……”

时至今日，在人口最多的国家，如印度——选择性堕胎（打掉女孩）盛行，导致女孩出生率不足，从而引起人口性别结构严重失衡。很难相信，既不懂自然法则，也不晓得物种繁衍规律的妇女们会有这样的意识：自愿生育，以求香火的延续，人类的传承。

实际情况是，由于一开始就被剥夺了一切，所以她们只能成为精子的储存器，还得甘愿用自己的身体供养它、培育它。之后，还要忍受身体笨重带来的诸多不便，生产时痛苦得毫无尊严，生后还要承担新生儿的所有看护工作（秉承男主外、女主内的传统）。

生孩子的欲望真的是女人的天性使然吗？女人真的是进入青春期后就本能地具有了母性吗？然而，事实是哪怕是现代社会，尽管没有明文规定，也会将没有子女的女人视为不完整的女人。人们总是会同情那些不能生育的女人，却很少相信会有自主选择不生育的女人。文学、社会道德规范乃至法律造成了人们对“母亲”的刻板印象：与生俱来的母性特征赋予她们具有牺牲和忘我精神的伟大光辉形象，且是推动商品社会发展（过去是为战争服务）必不可少的动力。

这让我想起了上高中时候的一件往事，格拉古兄弟的妈妈指着他的三个儿子非常骄傲地宣布：“我的宝贝们都在这儿了。”我至今仍然记得看到这一幕的我有多震惊。所以，孩子可以是母亲炫耀的资本。母亲节以及只存留24小时的节日主角编制的月桂树，而这24小时却为商家提供了牟利的契机——很好地营造了我们这个时代的社会氛围，只是隐约可以看到维希政府的遗臭。

必须承认，20世纪初的女权主义，产生于各种运动和联盟之中，还无法做到理论与实践的协调统一，因此，常把“母性”当作提升妇女权益、争取妇女权利的砝码。再者，承认母性的“社会功能”可以帮助女性获得公民身份。母亲们因此就可以拥有选举权用以捍卫自己的社会地位。况且，除了她们，还有谁能具备这种功能呢？[1]

然而，提出这种要求的目的并不单纯是把女人——大家也看得出来——变成公民，而是让她们成为一个既懂政治、会交际，又深谙母性的专家。可见这与“天然母性”已经没有多大关系了。而将母性用作融入社会的手段的做法，致使“母性”的神圣感也荡然无存了。

从18世纪末到19世纪，有资料证实，母亲经常把孩子放到奶妈处，并时常忘了将其接回家。[2]

社会新闻专栏——用很长且固定的篇幅——每天都会刊登一些母亲犯罪事件，很是恐怖，类似于弃婴、串通强奸、性侵、杀婴、冷冻、火化婴儿尸体……

生活告诉我们，并不是做了母亲就自然有了母性，也不是所有母亲都是光辉伟大的。有爱孩子的母亲，也有不爱孩子的母亲。对不同孩子的爱也是不同的，可能爱这个多一点，爱那个少一点。爱又分为不同程度，有点爱、很爱、酷爱。且母爱跟所有的爱一样，也会因时间不同而有深有浅，发生变化。

放眼今天的世界，70%的女性处于贫困状态，艾滋病感染、种族战争、失业……新生命来到这个世界上要面临怎样的未来可想而知。在这样一个岌岌可危的地球上生存的人

1 Cf.安妮·科瓦，出自《女权时代》，艾莉娜·古宾主持出版，Atelier出版社，巴黎，2004年版。米歇尔佩罗作序。

2 Cf.伊丽莎白·巴丹泰，《额外的爱》，弗拉马里翁出版社，1980年版。

类，80%是没有太多机会按照自己的意愿生活、实现自我价值的。然而，世界怎么发展，妇女们并不在乎，除少数特例以外，她们还是坚持想做母亲的。而科学的发展又为她们提供了无限的可能性。

无论是依法结婚的、契约结婚的露水夫妻，还是单身，都可以完成生孩子的诉求。哪怕是通过试管婴儿（通常是通过冻卵）手段远渡重洋找持有优质精子的捐精者……

我知道，我的这种言论会让那些因为当不上母亲而难过的年轻女子感到惊讶，甚至震惊。而那些经历过生育的女人，了解个中滋味，会因此而有所思考吧。比如那些摆脱了宗教禁锢和社会传统礼教束缚的人就会想，在自己还没搞明白为什么生活在这个世界上之前，就盲目地带另一个生命来到这个世界是否有必要？很明显，她们期待有别于传统观念的不一样的答案。

要拒绝人云亦云，故步自封；要敢于听从内心的声音，尽管走出这一步会很痛苦，可换来的却是真实的自己、无悔的人生。

回到问题的本源上——孩子。为什么要生孩子？为谁而生？是为了人类的繁衍、世界的进步，还是为了拯救地球，抑或是母亲生命的延续？有多少妇女生产前被如此洗脑？对于那些相信上帝的人，这就是神奇的魔咒，能够带她飞往天堂，而对不信上帝的人，是不是也会因此相信死后留下自己的足迹——子孙后代——的重要性呢？

可见，生育被看作女人的宿命，尽管今天（至少部分地区）她们也可以有其他选择。只是这些选择仍然被看成退而求其次的非主流选择，是生育这一主流选择的替代品或附属品。

无论自然界还是人类社会，都是鼓励生产繁衍的。因此，女人和她的身体（子宫）、夫妻和他们的孩子，作为潜在的生命体，越来越受重视，此方面的研究也在逐步深入。

而在日常生活中，孩子还没出生，就已经是社会各个方面：经济、教育、文化、广告、文明风尚、精神分析（不完全统计）的风向标了。各个领域都会以它为参考决定未来走向。一个关系全人类未来的大项目——生孩子——已经让青少年不得不开始做这方面的打算了。

然而她们并非主动选择，而是被动追随。内心被这一“宿命”观先入为主之后，她们就会相信这是“母性本能”使然，因为人们一直给她们灌输这样的理念。是什么决定了这一切——母性的本能。

人们赞美完整的女人、有母性的女人，也就是做了母亲的女人。只有做了母亲的女人才会得到关注和尊敬，而未生育的女人仍然会被歧视、被抛弃、遭人非议，甚至受人轻贱。而且，社会上各种组织明确或心照不宣地表示，只有母性才能填补女人天生的不足和缺失，这难道不是对女人最大的歧视吗？这种回避生理需求，只在精神层面大做文章的做法应该是弗洛伊德的专长吧？

我认识这样一些女性，她们生过很多孩子，大都处于贫穷、沮丧状态，且有自杀倾向。原因正是因为生的孩子太多了。我还记得1970年在我的律师事务所接待过一位母亲，她有10个孩子。她的丈夫格外粗暴，禁止她采用任何避孕措施。“您懂的，”她眼睛看着地面对我说，“他每次喝醉酒回来，就摁住我……”说到这儿，她犹豫了一下，“强迫我。经常是我喊叫反抗，结果就把孩子们都吵醒了。”啊，对，就是这些小孩子们，有必要介绍一下他们，他们的年龄、性别……我准备列一个名单出来。“老大，叫让；老二是个女儿，叫皮埃莱特；老三弗朗索瓦……”她顿了一下继续说道，“不对，弗朗索瓦是老二，皮埃莱特刚8岁，是老三。”她接着说，“剩下的我就不知道了。尊敬的大律师，不好意思，我实在是记不清了。”这与动物又有何区别呢？生下来一堆小崽儿，分不清谁大谁小。说到这儿，她双手抱着头，默默哭泣起来。“最后一个孩子一出生，我就杀了他，我一个人在卫生间生下的他……我实在受不了了，不想再这样下去了。”她就这样杀死了她的第11个孩子，因而以杀婴罪被告上了法庭。她不觉得自己是母亲，觉得自己只是生育工具，与动物无异。我在她的脸上看不到任何悔恨，也看不到任何其他情感，她凄惨的讲述揭穿了“女人天生具有母性”的谎言。正是被世人津津乐道的“母性”把她变成了杀人犯，变成了一个自己都不认识的陌生人。

“孕育生命就有让生命继续延续下去的责任，就像栽培玫瑰一样，要用温暖的双手细心呵护它。”(保罗·艾吕雅)这首诗就印在“选择”协会的会员卡上，关于“选择”

协会——妇女们的事业，我会在另一章节详细介绍。

我记住了这首诗，因为我一直认为，只有不断奋斗和抗争才能在这残酷的现实世界中生存下去。而孩子的生命是母亲带到这个世界上的，因此母亲就要为他们的生存以及成长负责。一个家庭能有多少枝玫瑰，分摊到每个孩子的头上又能有几枝？母亲们忙于照看新生儿的双手，又能为孩子们的未来遮挡多少风雨？可惜很少有人会适时想到这些问题。

以上所述算不上什么理论，只是总结了一下我的思考，希望能对还在“母性之路”上摸索的人们有所指引和帮助。

这是一条没有尽头的路，起点就是那个我们称作“母性欲望”的东西。而这个孩子从青少年到成年，再到失业，无论幸福还是不幸福，是好是坏，对于母亲来讲，都永远是她的孩子。

而我也走上了这条路，实际体验了这条路的漫长与艰辛。

那么，我为什么会选择生育呢？所谓的“传统观念”是“最顺理成章的社会行为”，了解我的人知道，这都不是我选择这条路的理由。

当然，也不是为了什么生命延续。我当时24岁，已婚，还是实习律师。我就觉得自己是一个有血有肉、“有想法、有追求”（维克多·雨果）的人。所以我要过一种有目标、敢于抗争、勇于奋斗的生活，这些通过看我那个时期写的日记就能体会得到，而没有任何想让母性填补生命空缺的想法。

至于究竟为什么，我试图尽我最大的努力尽可能清楚地回答这个问题，可我的答案还是不免会让大家失望，因为这不是出于伟大的“母性本能”，也不是出于无私的“母爱”。

下面是我的回答。

我生育是为了满足我的好奇心，强烈且难以抑制的好奇心。这也是我性格的一个重要特点。所以，千万不要以为我在信口雌黄，也不是一般认为的女人天生的好事儿、爱打听的毛病。我所说的“我的好奇心”是一台强力发动机，是求知欲，是寻求真理的执念。我的好奇心可以给我冒险和挑战的勇气，让我在斗争的道路上走得更远。而我之所以敢于去战场（阿尔及利亚，越南）那样特殊的地方，别人以为是勇气，我认为可能正是好奇心给予我的力量。我究竟能走多远，我的极限在哪儿？如果我继续前行，会有人追随我吗？

所以，我考虑怀孕和生产是为了探索女人身体最深层的奥秘。我把生孩子的责任变成了完成人生某一目标要经历的考验，这个目标就是要知道我是如何制造生命的。

我就是这样决定生孩子的。这里所说的“决定生”也只是我有了这个打算（我丈夫是一直渴望做父亲的）。在20世纪50年代的突尼斯，由于没有任何避孕手段，在正常情况下，只要忘记荻野[1]医生的方法——实际上也没那么有用——生孩子这种事一切顺其自然就好了。

首先是怀孕，我想看看它对我的身体、工作和社交会有什么影响。我每天都会记下我对阳光、阅读、性爱以及音乐的感受。结果很令人失望，我没发现与怀孕前有任何明显的不同。

我母亲弗尔缇娜，天天在我的耳边唠叨：怀孕的女人有多娇贵、多脆弱，不能生气，要多吃有营养的东西。然而这对我不起任何作用，我不想因为怀孕有任何改变。我宽大的律师袍可以很好地遮住我凸起的肚子，我仍可以像往常一样奔走于各个法庭。分娩那天上午，我还在庭上为人辩护，这让我的同行们很是恼火。“哈利米这是要把孩子生在法庭上啊……”我确实做了太多孕妇不该做的事情，这让他们觉得不舒服。而对于我自己来讲，除了肚子变得圆鼓鼓让我觉得有趣之外，再无其他不同。

分娩过程很艰难。从凌晨两点（突尼斯市已经宵禁）开始，我像动物一样独自哀嚎。临时找来的接生婆一边在两个房间进进出出，一边嘴里念叨着：“她会喊一个晚上的……随她吧，让她喊吧。”只有经历过分娩的痛苦才能成为母亲。当时，我感觉我的腰在撕裂，仿佛要炸开了。筋疲力尽的我终于在拂晓时分生下了一名体态正常的男婴。

1　日本医生。创立了计算女性生理周期避孕法，实践证明没什么用。

而我必须说的是，我从知道怀孕开始，就盼望生个女孩。因为我从儿时开始就抱有这样的想法：用身为女子的骄傲来挑战世俗的观念。既然我父母觉得我的出生是他们的不幸，是对他们的打击，那我就要证明给他们看，女孩以及后来长大成为女人的她们究竟可以做到什么。尽管我接受的是男女不平等的教育，我的父母也不相信身为女孩的我会有所作为，但是我从来没希望过自己是男孩。直觉告诉我，女人比男人——尽管他们一出生就成了世界的主宰——更适合塑造未来，只要她们能在这个社会上拥有一席之地。

假如我生的是女儿，她的所作所为会和我一样吗？她对这个社会的感觉又会是什么样的？我和她之间会编织出什么样的母女关系？那种在我和弗尔缇娜[1]之间缺少的东西，能在我和她之间找到吗？

实际上，我就是想代替弗尔缇娜来重新经历那种我期待的母女关系。一个不一样的弗尔缇娜，看着她长大成人的女儿，每天说的做的都是要认识自己的身体，认识自己。我很可能会是一个以独立女性自居的母亲，会活出一个女性最该有的样子，成为妇女们的表率。

总之，尽管困难重重，我仍然热爱生活，作为女性的生活。而她——我未能拥有的女儿——如果她存在，

1 《弗尔缇娜》，普隆出版社，1999年版；袖珍版，2001年版。

会怎样看待她的生活呢？

我至今还记得我曾经读过的柯莱特的故事以及她妈妈西多的爱情，很打动我。虽然没能完全理解，但当中表现的女性自由和情感平衡，都是我梦想得到的。

但是我却生了个男孩，我的梦想必须做出改变。所以，我很快就适应并爱上了这个活泼好动、聪明可爱的小宝宝，然后眼见他很快长成一个眼神深邃、举止庄重的小男孩。

随着时间的推移，我的产后创伤日渐消失（“美丽的伤痛”，接生婆们经常这样说）。所以，三年后，我的好奇心又出现了。我终究还是没能放弃我的信念：用自己的生活去证明我们可以生来就具有独立女性的身份，而不需要成为波伏瓦意义上的“女人”。从教育、社会环境、社会舆论等方面入手，希望通过对比我的女权斗争和我的独立女性体验，唤起诸多女子独立自主的意识。

我是否低估了母女冲突？无疑是的。尽管母爱中止和母爱丧失并不是一回事。

我于是开始计划生第二个孩子，希望是个女儿。

我如愿开始了第二次怀孕，结果迎来的是第二个儿子的出生。

政治活动和律师工作已经让我忙得不可开交，再加上第二个孩子出生不久，我与他爸爸就分开了，所以我根本没有闲暇来规划自己的生活——以及为我的儿子们打算——规划他们未来的15年或20年。想象着他们长大成人，不免担心自己能否承担起做母亲的责任，扮演好母亲的角色，陪伴他们健康长大。担忧日渐强烈，总结起来无非就是如何抚养他们长大，保证他们的安全（法国反对阿尔及利亚独立的地下军事组织，在阿尔及利亚战争期间就曾威胁要伤害他们……），以及之后的学习、教育等。

我的新伴侣克劳德·福，一个年轻的共产主义者，也是律师，还是萨特的秘书。他想要孩子，我表示反对，他坚持："很有可能是女儿啊！"距离我生第一个孩子已经十二年了，我已经成熟了，所以我盘算了一下我们X Y基因的组合概率，觉得克劳德·福的基因一定不同于我前夫的，所以，我们生女儿的机会很大。我是一个唯意志论者，一旦拿定主意，就不会再迟疑、退缩，并抱有必胜的信心。我相信，这一次我的好奇心会有很大机会得到满足，我一定会生个女儿出来。

这次怀孕跟之前很不一样，很艰难，乘飞机（去摩洛哥为迈赫迪·本·巴尔卡[1]辩护）都是有危险的，平时还需要妇产科医生在旁小心照料。然而，盼女心切，让我觉得我鼓起来的肚子表现出的都是生女儿的征兆。

结果，埃曼努埃尔出生了，而不是埃曼妞。一切

1　摩洛哥政界人物、摩洛哥独立党成员，1959年反对哈桑二世政权组织的（摩洛哥民主力量联盟）领导人。被放逐后，成为第三世界革命斗争组织者。1965年10月29日，在主持1966年三大洲会议筹备委员会期间，在巴黎被两名法国警察带走，从此再没出现过。审讯期间，摩洛哥将军乌弗基尔被强烈怀疑是凶案的罪魁祸首。法国当局的同谋罪仍未得到量刑，司法预审公开审理中。

尘埃落定。

有很长一段时间，我都认为西蒙娜·波伏瓦是害怕提到母性的。她的演讲是纯知识性的，往往略过她复杂的感情和社交经历。并且，她既没有生育过，也没有经历过怀孕带来的各种不适和不便，因此，她的理论是脱离妇女生活的纸上谈兵。

《343宣言》的核心内容是："我宣告我堕过胎。"然而，波伏瓦从来没怀过孕，尽管她说她曾经也是有机会怀孕的。[1]至于这个宣言，她认为主要是用来鼓励大家签名加入我们的女权运动的。这一点她没有说错，我们的这份宣言是我们斗争的武器，而绝非忏悔书。但有这样一个奇葩事例：西蒙娜·西格诺雷（法国知名女演员）跟我解释了很久，说她堕胎是因为她怀的不是蒙当（法国知名男演员）的孩子，而她是愿意生一个蒙当的孩子的。所以，她不能在公开的声明里表示自己不想生孩子。

我的第三次怀孕让我和波伏瓦的关系曾一度很冷淡。当我兴高采烈地向她宣布："海狸，这一次我一定会成功，我肯定会生个女儿……"她听了几乎没有任何反应。什么也没说，什么也没问。而是岔开话题，开始了她昆虫学家式的提问，问我为之辩护的都是哪些阶层的妇女，

1　克劳德·福告诉我，萨特的母亲对他说，如果"普路"（她的儿子）想要孩子的话，西蒙娜·波伏瓦会很乐意为他生的。

她们的行为举止如何……我强忍失落，心里还是有点难受。我告诉她我即将出发去摩洛哥，为抗议方工会摩洛哥劳动者总联盟辩护，告诉她我会像以前一样生活、工作、战斗。她点了点头。有些愤怒的我最后抛下一句："总之，我仍旧是个女权主义者，您是知道的！"[1]

比如1964年，对于女权主义，我还只是想体验它、想评论它这么简单吗？

随着阅历的丰富——我自身的经历和50年以来听到、看到的其他妇女的经历——和时间的推移，是的，时间的流逝，并不是把一切都带走了，而是留给我们足够的空间去观察和思考——特别是亲身经历怀孕、分娩和抚育小孩获得的体验，让我明白，我必须承认我对于母性（尽管完全出自自我选择）的热衷还远远不够，反映出我的思想还不够深刻，不够完备。我隐约觉得赋予人生命（和夺走人的生命是一样的）必须承担由此造成的后果。所以，只要我们决定把我们的孩子带到这个世界上，就要尽可能多地陪伴他们，在不打扰他们的前提下尽可能多地帮助他们、照料他们。这种敢于承担后果的责任感，对于父母和孩子都具有重要意义。

这样总结和思考后，我不免自问，我的所说和所写是不是太流于表面，有些肤浅呢？作为女权运动的负责

1 Cf.《橙树之乳》。

人，回顾以往的斗争，我承认确实是这样，应该反省年轻时的冲动，青年时期激情澎湃、热血沸腾的一页（包括当时过激的言论）应该翻过去了。年少时渴望体验作为女人的全部，满足自己所有的好奇心，以获得彻底的解放、真正的自由，结果却忽略了女性生育的最本质的属性。

而它的本质属性总结起来就是，它标志着一个女人一生是否完整，生命是否得以延续。

我只能说希望这种说法是对的吧！反正我的儿子们，从外形到智商都没能满足我对后代的期待，有一个还一直不在我身边。所以，谁敢说生育了就一定能人生圆满，后继有人呢？

不过，我跟另外两个孩子的关系倒是可以用“完美”来形容。他们是我最亲的人，是我情感的凝聚、精神的依托。当然还有克劳德，与我生活了半个世纪的人生伴侣。他的坚持，他挑战岁月消磨的勇气，让我们的夫妻生活虽历经五十载，仍不失往日情趣。我们五十载相伴走过，志趣相投，心意相通，一起慢慢变老，在彼此的内心深处都把对方当成了自己生命中不可分割的一部分。

任何危险考验，包括政敌间的斗争，女权运动（以及其他运动）的发起、参与，还有著书立说，都阻隔不开我们的母子情深。离别更是分不开我们的情感，电子邮件、传真、电话——从俄罗斯打出的、墨西哥打出的、中国打出的——分分钟可以传达一个母亲的爱和思念，让母爱永不落幕。

读到这里，大家可能会问，那么问题出在哪儿呢？尤其是该如何回答我们开篇提的问题：母性是陷阱，还是爱的港湾？

先从一些实际问题说起吧！

养孩子需要大量的时间投入，不分昼夜地守护，时刻相伴。他一出生，我的时间就不再属于我了，而是完全被他吞噬、消融掉了，让我一刻不得清闲。无论他在不在我的眼前，他都永远存在，牵扯着我的心，占据着我的生活，以至于我都忘了还有自己的生活。工作、爱情、人生规划，可能一样都顾不上了。如果我们的自由是以这样的行动获得，并用以证明我们的存在的话，我们还能继续说我们是完全自由地在选择我们的未来吗？

当然，那些城堡的主人（如果存在的话）、受统治者青睐的阶层、喜欢做家庭主妇的女性和很多根本就不打算过独立生活的女性除外，因为她们的生活已与家庭绑定。

我所针对的是大多数已做母亲或即将做母亲的女性，她们80%以上是25岁到49岁之间的工薪阶层，每天为了养家糊口疲于奔波，且收入微薄。为了兼顾家庭和事业（雇主常常这样许诺），拼命争取兼职工作（83%的兼职工作是女性在做）。她们还乐观地认为，以后等孩子长大了就可以为自己打算了。

然而等到孩子长大以后，已经太晚了。

时间一年年地过去了。即使再回到工作岗位，再有顽强的毅力，母亲自主选择的机会也不多了。而对于已经是青少年的孩子们，母亲（与父亲一起或独自）还要整日担心是否教给他们足够多做人的道理了，是否给了他们对抗艰难生活的武器，可以让他们披荆斩棘，一路前行了。想起来了吧，这就是我们所说的后续的义务，生育后母亲必须承担的责任。但是衡量的尺度在哪儿？以何为参考？什么才是正确（有效）的做人道理？哪些才是必备的生活武器？何况如前所述，她们为了生活从早忙到晚，剩下的只有疲惫，根本没有时间和精力去思考和学习这些标准和道理。

“医生，应该怎么教育孩子？”“如果结果注定是坏的，那么你怎么做已经不重要了。”弗洛伊德的话不无道理。父母是无法让小草长成参天大树的。孩子的成长的确需要父母的参与，但要适度，母亲不能过度干涉，切忌做一个面面俱到、什么都管的母亲，那样不但帮不到孩子，过分的爱和神经质式的关心只会令他们感到窒息。并且这种母亲对孩子的担忧是无休止的，并不会随着孩子的长大，甚至老去而消失，会一直深陷其中而不能自拔。

母亲都希望子女们能够飞黄腾达、有所成就，因此会尽其所能地帮助他们。所以，尽管各种碰壁，尽管不被理解，她们仍然乐此不疲。当她们绕了一大圈，幻想破灭，空手而归的时候，发现也迷失自我了，一切都是徒劳的。

长大成人之后，孩子们开始了自己的人生之路，有自己的喜怒哀乐。至于父母，当然对他们仍然很重要，但他们的人生决定权开始掌握在自己手里了。比如结婚与伴侣共同生活（好坏），去国外工作（幸/不幸），也就是说像找工作、谈恋爱以及人生意义选择这样的人生大事，父母的意见只能排在第二位。那么遇到意见不一致的时候，是协商解决还是强制执行？此时，孩子们知道，造成这种僵局的关键不是他们与父母的关系如何（哪怕是好的），而是父母接受不了他们的独立。

孩子们已经不是过去的他们了，而我们——这些“老东西”——也不再是过去他们眼中的我们了。过去的我们和他们是亲密无间，携手走在同一条道路上的，而如今已分道扬镳。这无情的转变将一切都打碎了，且这一转变就像是一只神秘的手，不知何时、如何、为什么就伸了过来。只是父母们拒绝承认这个残酷的现实，一厢情愿地自认为还是“原来”可以操控一切的父母。

到了这个阶段，母亲就开始盘算了，并最终凭借着所谓母性固有的信条，做出自我牺牲、自我奉献的决定，并自认为这种忘我的行为是一种高尚的美德。这种自欺欺人的做法，不说是亲手给自己戴上了紧箍咒，也是跳进了自己给自己挖的陷阱里。她们可以无视这种作为母亲的沾沾自得、不自知的依赖以及无奈之下的退而求其次的选择，因为有“母性”给她们提供借口，殊不知同时也为她们设下了圈套。

母性——正是因为它总是让母亲成为永远的奴隶，为孩子的未来倾注毕生的感情——有时候甚至就是她们人生的全部，所以才有必要提醒大家不要走入它的误区，要敢于正视自己的内心，找到人生的真谛。

一个女人，即使她是发自内心地想做母亲，也不能以此来定义她的人生，也不能以此作为衡量她人生的最高标准。只能说她完成了作为生物体的生育功能。波伏瓦认为母性是“女人的勋章”。这样说来，女权主义所为之抗争的权利，岂不是跟其他那些所谓的“道德规范”“法律法规”一样，是用来禁锢女性的吗！

拒绝将母性视为女性去实现自我价值的唯一出路，就是为争取女性自由而斗争。

7

生孩子，是意愿，还是责任？

人们广泛认为，愿意生孩子是女人的天性，也是母性的神圣所在，事实似乎确实如此。从我们所见所闻、所读所写也能看得出来，然而，我对此是完全持怀疑态度的。

所谓女人的天性、母性的神圣，都是人们数百年来编造的神话，保守派们营造的社会氛围其实是用来愚弄女人、欺骗女人的，目的就是让女人自愿承担这一“天然使命”。且这种谎言和氛围体现在社会的方方面面：宗教、传统、文学、广告宣传……

我们的社会一直将女人生孩子的意愿视为神圣的，是女人与这个社会连接的唯一纽带。而根据我的所见所闻，大部分女人也认同这一点。即使从事了某种职业或投身于某项创造性活动，她们依旧认为，只有“做母亲”才会让她们的人生真正有意义。紧跟社会舆论的导向，受社会宣传的影响，妇女们自愿做出改变：本不想生孩子的，想到身边生孩子的人会越来越多，也开始有了这方面的打算。在这样的社会氛围下，女人只要不生孩子，就会被看作异类，是不正常的女人。可见，“母性”并不是天生的，也不是自然形成的，而是社会的产物。而非要说母性是“天生的”，也只是女性的身体不同于男性，天生具有怀孕和生孩子的生理功能而已。

但是，如果我们能做母亲，我们就必须得做吗？要知道，这个问题的提出，在某种程度上揭示了女权主义的（部分）失败。这说明西蒙娜·波伏瓦以及那些决心继续女权斗争的人们还没得到大多数女性的信服。我们的社会不仅成功激起了女性的生育欲望，还让其愈演愈烈，在某些人的心中形成执念，甚至让某些人得了强迫症，非生不可。“生一个自己的孩子，只有孩子才是真正属于我且只属于我的，这难道不是一种病态心理吗？”巧了，心理学家也这么说。

这样发展下去，是不是距离神经官能症就不远了？而据专家说，真正的神经官能症患者的欲望是无法得到满足的，哪怕她得到了她的所求之物（孩子），也是没有用的。

于是，我经常会想，那些不孕妇女是不是因为下意识地觉得不生育就会成为千古罪人才去做试管婴儿或找人代孕呢？女人不生育，就是没完成繁衍人类的重要职责和使命。生不了孩子的女人，就不是一个合格的女人……还记得耶尔玛（费德里科·加西亚·洛尔迦）的诅咒和她关于母性的看法吗？“我认为，生了孩子的女人，由内而外散发出光芒……”在她看来，女人生孩子就是上帝的指令、世界的召唤。“我生（孩子）是因为我必须得生。否则，我就什么也不是，对这个世界毫无用处。”[1]

这个近似疯狂的强烈欲望，往往是身体自恋（我的肚子、肾以及乳汁）和精神自恋（我是母亲，我生育过，我后继有人）的表现。

即使是完全无意识的，仍是自恋。

一个属于我的孩子与一件属于我的玩具没有什么区别，正如精神分析学家所说，不过是一个“有生命的礼物”。

一个母亲身上，往往既有奉献精神也有私心杂念，既有利他主义也有犬儒主义，哪种人格表现得更强烈一些取决于她的人生经历。而觉得人生不幸福、不满足的母亲，就会把她的遭遇、她的感悟复制到孩子身上。即使是生活平稳的母亲，在男尊女卑的家庭体制下，也常会试图控制孩子。[2]

然而，不得不承认，这种欲望确实存在，并对科学进步、法律修订乃至整个社会都提出了相应要求。于是产生了从自愿生孩子（非强制性的）到必须生孩子（一种责任）的转变，从社会发展角度讲，这种关乎孩子、人类以及人类未来的价值观转变是

---

1 费德里科·加西亚·洛尔迦，《耶尔玛》，拉尔施出版社，2007年版。

2 Cf. 西蒙娜·波伏瓦，《第二性》。

必须发生的。当意愿变成了某种“责任”，那么科学和法制的进步都要为之服务。

但是，即使这种“责任”存在，也应该融入集体意志当中，并起到促进社会（和谐）发展的作用。

而一旦生育变成了“责任”，带有某种强制性之后，就很容易让人走向极端，在竞相完成这个任务的过程中，人就容易变得狂热而偏离初衷。

还记得不久前的一个黑人年轻女子做试管婴儿的案例吧。她要求用一个白人的卵细胞和她丈夫的精子结合，也就是用别人的卵子来生出她预期想要的孩子：男性、白皮肤、绿眼睛……

于是问题就来了：“这到底是谁的孩子，究竟属于哪个社会群体呢？”

我出席了1983年召开的国民议会，因为我从1981年6月开始就是国民议会的众议员。而代孕作为当时的热门话题，也被列入议事日程：支持者称之为“热心妈妈”，包括我（我到现在也是反对的）在内的反对者称之为“肚子出租者”。因为司法在这方面极其不完备，让“代孕者”有机可乘，从事代孕的人数不断上升。因此，此问题急需会上讨论，得出解决方案。

所以，我决定首先提出这个问题。在获得大会批准后，我开始发言，表明反对立场，陈述反对理由。

首先触怒我的是，代孕现象导致了这样两种女人的出现：一种不能生育，但是有钱，找得起代孕者；另一种有生育能力，但是很穷，需要靠出租她的肚子挣钱。甲方付钱，乙方贡献出她的子宫，这和为钱出卖身体的妓女又有何分别，且让妇女有了新的“等级”划分：不能生育的有钱阶级和有生育能力的缺钱阶级。当然，这里不包括比较少见的纯奉献行为，比如姐姐或姑姑为她的亲戚或朋友做代孕的行为。而且代孕还会导致另一种可能，就是乱伦，这也是一个不容忽视的问题。

于是，我收起了沉默，将收集的有关此方面问题的资料，整理后递交到了主管医疗健康的国务秘书处。当中包括所有专门从事代孕活动的商业网站及其代理机构，并强烈谴责了这种“完全背离了生育自由的歪门邪道”。最后，我要求禁止代孕行为，并彻底修改收养条例及相关规定。这是基于以往经验，避免申请繁琐的收养人身份办理程序带来的不便。

被遗弃的孩子们孤苦伶仃、无依无靠，在我看来，他们的不幸要远胜于不孕妇女。而将二者结合，让不孕妇女收养孤儿，要比之前纯利己的主观行为好得多，也能让我们的社会变得互助友好，充满爱心。

部长接受了我的建议，答应简化收养手续，并保证“儿童今后不再是可以任人买卖的商品”。

他还宣布设立高级生命科学伦理委员会。[1]目前，该委员会已成立。

我还记得他当时宣布这项决定时，全场一起热烈鼓掌，这说明声讨代孕代表了全民意志。之后，法国高级法院根据“他人身体和自由不能随意支配”的公共秩序原则，宣布禁止代孕行为。[2]

如今，“生育意愿”又被重新提起且极端推崇，致使原有的原则发生动摇，令伦理委员会也陷入为难之中。而辅助生育技术的巨大进步又从客观上满足或激起了人们求助它解决不孕问题的欲望。不惜一切代价也要做母亲的意愿掀起了一波真正的生育热潮。

我本以为问题已经解决，至少在代孕这一块，已经明令禁止了。1994年7月29日出台的法律明文规定：尊重人体，禁止代人怀孕。[3]

---

1 《政府公报》，1983年11月3日，负责医疗健康的国务秘书埃德蒙·埃尔韦的回答。

2 （法国）最高法院、民法法院，1991年5月31日。

3 《民法典》16条7款：“任何有关为他人生育怀孕的合约都是无效的。”《刑法典》227条12款的第1项和第3项，依照最高法院的法律原则做出此项规定，最高法院于1989年提醒公众遵守人体不可随意处置的公共秩序原则，禁止代孕。并于1991年5月31日正式下达此项决议。1994年和2003年，最高司法机构下令禁止各种变相代孕行为。

我们也因此相信可以制止代孕行为的发生了。

万万没想到，运营商们又有了新的应对手段。

从1985年开始，“选择”协会成员就一致反对代孕行为，因为它会让我们为之奋斗的美好未来暗藏危机。

而最近几年，也有一些女权主义者表示支持代孕。一方面的原因是她们认为代孕可以满足不孕妇女生孩子的意愿。可是她们有没有想过，这种意愿的满足就是将代孕者视为生育工具，而这正是女权主义者们所反对的，女人不是生育工具。

另一方面的原因是她们以“身体是代孕者自己的”为由，认为怎么利用自己的身体是她们自己的事，别人无权干涉。这是极其荒谬的说法，狭隘、任性且自恋。试问，你们这么说，将社会上的其他人置于何处？还有没有道德底线？身体确实是属于她们的，但它不是商品，不可以被剥夺，也不可以被贴上价钱出售。这不是小问题，是关乎人类文明的大问题。

还有孩子的问题。

那个由优越阶层杜邦夫人出钱，让有着多个孩子、生活拮据的家庭主妇迪朗女士做代孕生下的孩子，该如何面对他的人生？又会有怎样的未来呢？

他有权知道真相。他也早晚会知道，他有两个妈妈。“一个怀了我，却把我抛弃；另一个买了我，把我养大。”1985年，“选择”协会就此问题讨论了很长时间，之后把这句话写进了协会日志。

这个孩子像货物一样被下定、购买和抛弃。

这种一出生就有的创伤和打击，会在孩子幼小的心灵留下抹不去的阴影，且他自己也不知道这对他的人生有着怎样的影响，只能在买家母亲潜移默化下默默接受这一切。而领养身份至少能让他不用去面对“一位妈妈为了钱替另一位妈妈生下他”这一残酷的事实。至于代孕期间两位妈妈“互相常来往”的含糊许诺，也丝毫改变不了这种糟糕的局面。

有这样一则网络新闻，可以说让我大跌眼镜，颠覆了我的道德标准。2005年，一个代孕者与一对夫妇达成交易，以10000欧元的价格为其代孕。之后贪心不足的她谎称流产（为了不用交货给对方），然后，等孩子一出生就放到网上拍卖，最后以15000欧元卖给了另一对夫妇。

该事件已经被提起诉讼，还在后续报道中。引发人们思考的还是那个老问题：究竟应该如何满足人类要孩子的意愿？

先分析一下代孕孩子的“生产”过程，大致分成两个主要环节：一个环节由代孕妈妈完成，主要是借用她们的身体（但是，我们知道，怀孕不是简单的装载运输过程，需要母体为胎儿输送营养，二者是血肉相连的关系）；另一个环节是购买方提供“生产原材料”——精子和卵子。

就在我写这篇文字的时候，法国参议院的一个工作组[1]正在提请立法允许在一定条件下求助代孕生小孩。这份提请报告让我感觉很不舒服。

他们的理由是：一是在某些欧洲国家已有此先例。（哪些国家呢？荷兰和英国。所以我们就得用斑努赫鸠[2]的逻辑去思考，或者不是认真讨论如何解决问题，而是跟风试试，赌一局吗？）二是美国加利福尼亚州代孕出生的一对双胞胎姐妹，经司法决议通过，获得了合法出生证明。[3]（请不要以此混淆视听。上诉法院这样做只是出于孩子的利益考虑，因为如果不这样做，孩子就有可能被剥夺居民身份，而并不代表司法赞成代孕交易的存在。）

以同情不孕不育者为名，打着“现代化”的幌子（很多社会问题产生的根源），让立法为代孕行为打开方便之门，也无视我们当初之所以禁止它的原则。这份提请报告的起草者们，是否考虑过他们会因此承担怎样的责任？是否意识到他们这样做的后果、可能会引起的混乱和对大众的误导？他们是否想过，如果这项提案通过了，我们的世界最终

---

1 这个工作组的负责人是米歇尔·安德烈。他的提请报告（2008年6月25日）要求允许代孕，但有严格的限制条件。值得注意的是，听证会邀请了很多名人要员和协会组织，“选择”协会却不在邀请范围内。

2 拉伯雷的小说《巨人传》中的人物。

3 巴黎上诉法院，1987年10月25日。

会走向何方？民众将情归何处？

科学进步需要伦理思考做支撑，否则，社会缺少正确的价值观，人类尊严必将遭到践踏。

有时候，科学的进步就是一把“双刃剑”。肾移植技术可以挽救人的生命，做到起死回生。“人可胜天”确实值得称道。然而，如果这颗肾是从孟加拉国或巴西的贫苦儿童身上买来的，科学进步是不是就成了现下猖獗的买卖器官罪恶交易的帮凶了呢？这与代孕如出一辙：穷人出卖自己的身体，富人出钱购买。可是，健康和生命也要受市场经济供求关系的左右吗？

我知道不孕会给女性乃至整个家庭带来怎样的痛苦，我认真思考过这个问题，也很同情她们。我甚至还深入她们当中做过调查，所以我不会忽略或低估她们的痛苦。

但是，我们能否走出自我的小圈子，放眼全人类，为大多数人的利益考虑，而搁置自己这点小痛呢？我们的社会是否应该不再只关注某些夫妇的狂热生育需求，而是多关心成千上万被父母遗弃的儿童，尽力帮助他们找到抚养者呢？这样可以让他们从自我绝望中走出来，敞开心扉，走向更广阔的世界。这一新关系的建立也许刚好弥补了他/她没有孩子的空虚，满足了他/她想要孩子的意愿。

总之，我们要提高文明意识，明白不是所有科学进步都是有益的，不要盲目受其诱惑。要用哲学思维思考一下“选择”生育的意义，包括它是否真的那么重要，以及它会带来怎样的后果，不生育又会怎样，尤其要知道，“生育”的真正意义究竟是什么。

8

一次名为“选择”的（女权）冒险之旅

《343宣言》的发表引发的轰动效应让我感到，组织女权运动，让女性联合起来共同争取权利势在必行。

1968年的“五月风暴”给女权主义者留下了痛苦和辛酸。作为决心摧毁旧世界，勇于挑战不可能的现实主义者、革命者，我们年轻的男同胞们所要建立的新世界在我们看来却依然有它的局限性。那就是他们试图改变一切，却依旧不去改变妇女们的从属地位。在她们的男同伴撰写战斗纲领、分配作战任务，以及激情澎湃地发表演说的时候，妇女们做的仍然是糊信封、煮咖啡、为他们拭去头上的汗水这样的后勤辅助工作。从索邦神学院到奥德翁剧院，我在路障和战士们当中穿行，却无法让他们听我说话。

在那个时代，妇女们的发声根本没有人理会。在这样具有历史意义的大型“运动”（也可以说是主宰世界的男人们的运动）中，妇女们的声音被视作可有可无、微不足道的，对运动的发展走向也不会有什么决定性的意义。

我当时甚至还在大学校园的墙上看到过诸如“强奸万岁”“打倒堕胎”这样带有强烈男权色彩的标语，既惊讶又愤怒。这些话甚至就写在那些凸显这场革命特点、自由奔放、充满诗意的标语旁边。人们会关注惨遭美军侵略的越南、会崇拜格瓦拉、会为弱势群体以及移民者争取权利……唯独对女权主义者，都不让她们在大学和公司拥有正常的公民权。

可见，人们很少将妇女受压迫、受歧视纳入人类文明缺失的范畴，至少原则上是这样的。这让我们如何能接受？为什么一个自由、平等社会的建立可以略过性别歧视不谈，而只考虑如何消灭种族歧视？

就这样，借着“五月风暴”的东风，妇女运动初具规模，并于1970年正式创立妇女解放运动组织[1]。而我个人也组建了一个法学专家小组，其首要任务就是清点《拿破仑法典》中与性别歧视和父权制有关的法律条款，并将其废除。这真是一项大工程啊！

1971年2月—3月。

西蒙娜·波伏瓦刚刚给我打电话说：“发表宣言为妇女争取流产权利的想法，真是太棒了！”我听后非常开心。

当天晚上，在我的事务所，我们一直商讨到凌晨一点，制订了多个行动方案。

首先，列一个知名女性清单出来，让她们做先锋。因为她们的名望可以让运动更具影响力，也可以让运动免遭起诉。最大的挑战就是宣言文本的撰写，既要简明扼要，直入主题——要求获得基本的自由权，又要措辞有煽动性和感染力。

1　该组织产生于1968年“五月风暴”中，后内部分化严重，最终彻底分裂解体。精神分析政治小组的创始人兼领导者是安托瓦内特·福克，该小组提交了1901年颁布的团体组织法的法律条例，即妇女解放运动。

我之前提到过的那些名人：卡特琳娜·德纳芙、弗朗索瓦兹·萨冈、玛格丽特·杜拉斯、德尔菲娜·塞里格，自然成了首当其冲者，即第一批“不可触碰者”。波伏瓦让我再推荐一些人：“但是您，吉赛尔，您不能加入，因为您是律师，出了事，受到的惩处会尤为严重。”我还是在上面签上了我的名字，后来也确实受到了惩处。[1]紧接着是大众签名环节，经过我的多方游说，收获不小。我们就是需要尽可能多的人加入我们、支持我们，因为这样才能说明我们的运动代表的是“民意”。左翼人士也没让我失望，只是因为这些妇女都是普通人，没有地位，也没有名望，名字一被公布，就被抓的抓、开除的开除了。于是就轮到“不可触碰者”行使她们的职责，去解救她们、帮助她们了。

首先要坚决站在她们一边，为其辩护，还要时刻提防内部分裂，已经由343个人发展到好几千人的大队伍，一旦分裂，后果不堪设想。这也是我最担心发生的事情。我已经将这些左翼战士带进了危险的漩涡，当中有人这样对我说：“你的波伏瓦和德纳芙，她们不冒任何风险……而我呢，警察告诉我，我在中学的代课生涯结束了……”还有个人给我讲

1　我受到了巴黎律师公会主席给予的纪律处分。

了她是如何被带到警察局，然后被告知将会被提起刑事诉讼的。还有些人这样对我说（并改用“你”来称呼我）：“还有，你不是说你堕过胎吗？别再津津乐道了，你可能会因此有大麻烦的。”所有这些都在提醒我，形势危急，必须得有所行动了。

于是“选择”协会应运而生，它于1971年6月正式成立，第一次会议就在我的事务所召开（与会者：西蒙娜·波伏瓦、德尔菲娜·塞里格、克里斯蒂安娜·罗什福尔和我），会议的第一个议题就是给我们的协会起个名字。

我于是提议了一个词——一个动词，有主动参与、积极行动起来之意——选择。其实就是想要告诉妇女们，应该在生育与否、责任和义务之间做出自己的选择。大会通过了我的提议，因为总共也没有几个提议，我觉得算是劣中择优吧。法兰西学院创始人之一让·罗斯唐（Jean Rochetand）也加入了我们，他曾请我吃过一顿美味的晚餐。这位被叫作“青蛙爸爸”的著名生物学家，之前曾让我去阿弗雷城看他。当时他一边喝着茶，一边慢条斯理地告诉我，他听说了很多有关女权斗争的事情，想知道个中原委。“所以，我必须加入你们。”老人家面带羞涩的微笑，坦诚地告诉我。我一边听他讲，一边在琢磨如何恰当地回答他的这个关于社会因素造成性别歧视的反问句：“铅制玩具兵专属男孩子，布娃娃专属女孩子，这种人为的心理暗示，应该不比荷尔蒙造成的男女差异小吧？”

在获得了自由选择（生育与否）权之后，我们又有了新的目标，进行了新的斗争：1978年争取强奸立法为罪的斗争（埃克斯诉讼案）；争取职场男女平等；1981年将自愿流产医疗费用纳入社会保险范畴。

那一年（1981年），由于政权交替，女权运动整体上有减弱趋势。可见，左翼政权也不是一直支持妇女解放的。

自1992年[1]起，我们开始致力于争取政治上的平等，但与此同时也不会放弃争取其他任何合法权益和捍卫已得的斗争成果（避孕权、从业平等权、反对女性被暴力对待）。

争取政治上平等的斗争，需要年轻的知识女性加入，因为法律的制定和修改是为了更好地保障公平公正，因此离不开对民主制的深入理解和透彻体会，而知识女性在这方面更有优势。于是，我之前的想法——1979年，欧洲议会普选时产生的想法——又再次浮现在脑海。无论未来欧盟形势如何发展，都要想尽办法推进立法以保障妇女权益。让自上而下所有的欧洲女性都拥有合法且与男性平等的公民身份，我称为“最惠欧洲女性条款”。对此，后面会有提及。

每当“选择”协会面临转折，有新的奋斗目标出

1 我为平等观察研究所撰写的报告由法国文献出版社发行出版（巴黎，1999年）。该报告建议的宪法修正于1999年6月28日开始进行，2000年6月6日正式写入宪法。

现，需要投入新的斗争之际，就会有新鲜血液注入。这些作为新鲜血液的女性有着不同的年龄、来自不同的阶层、怀揣不同的梦想……可以说，每个人各有不同，异彩纷呈。然而，新的加入者是否都能与我们步调一致呢？答案是不一定。

她们之所以加入我们，往往是因为我们要解决的问题与她们自身的问题有相通之处，可以产生一定的共鸣。在遭受打击、性侮辱或者女性歧视之后，她们也会有所思考，开始觉醒。比如最开始的争取女性自愿流产权的斗争，就是女性意识觉醒最好的证明。因为每个人都意识到，既然生育意味着要承担巨大的责任，我们就有选择要不要它的自由。还有些人是因为工作中遭到性骚扰或者不能忍受男同事比自己工资高、待遇好，另外有一些是较年轻、有政治理想和抱负的人，她们认为议会和权力机构不设女性席位的政治体制是很不公正的。还有最后一类人，也是最重要的一类，她们加入我们是从欧洲现实出发，出于为欧洲未来发展考虑。

也有人来信说加入女权组织是因为看了一部或多部我的作品。这些人，大部分是年轻女性，因为另一个女人的人生经历——我的人生经历——而选择走上女权道路。这些女知识分子、女法学家、女教师，实际上就是想通过女权斗争为改造社会贡献自己的一份力量。

还有一些是第三产业部门的职员，她们把“选择”协会看成了妇女休憩的港湾，因为在这里，通过与我们交流经验和心得，有获益匪浅、豁然开朗之感。

这就是我们为之奋斗的事业。尽管大家凑在一起的目的并不一致，为了自己的私利也好，因人生变故也罢，最终都是在寻求改变。因为大家在一起可以互相交流，分享人生经验，通过改变自己的行为、人生信条和人际关系来寻求不一样的未来——更好的未来。当然，这是一个极为复杂的过程，会受到诸多因素的影响和制约。

就是她们——“选择”协会的女权主义者们，成功做到了改变人生或正在试图改变人生。无论顺境还是逆境，她们的态度、她们的选择乃至她们说的话都与从前不再一样。而对政治倾向的敏锐和对社会新闻的关注，让她们有了根本性的转变。只是公众舆论不大关注这些，也没有足够重视这种改变。因为通过互相交流、互相对比，我们就会发现不一样的自己、成长了的自己。

但是，也有一些人会有一些不切实际的妄想，妄图利用女权组织来满足自己的私欲，让女权主义帮她们抹掉过去，洗白历史，甚至试图就此脱胎换骨，一飞冲天。而希望破灭后，就被打回原形，重新回到以前依附男人、没有自我的生活，又变回了米什莱口中的“附属品”。

还有一些人是政治党派的成员，其工作弊端就是，当女权斗争与党派原则发生冲突时，她们必定会选择牺牲女性利益，甚至不惜破坏女权运动。有些人甚至专门吸纳权力机构人员进入女权组织。

鉴于以上种种，我们迫切需要一些有政治觉悟和斗争经验的人加入我们。这样，我们与政界人士对话的时候，就不用再装聋作哑，光听她们在那儿夸夸其谈了，也不会让她们潜伏在我们身边，试图左右女权斗争的奸计得逞。

“选择”协会自成立之日起到今天，已经在欧洲走过了两个年头，未来我们会继续努力，努力让欧洲变成妇女们眼中最好的欧洲。对此后面章节会予以详说。[1]

我们成立“选择”协会的最初目的是将妇女们团结起来，借助法律手段，共同解救《343宣言》的无名签署者们。之后，1972年，我们又以此为名发起和组织了博比尼法庭辩论，为堕胎者进行无罪辩护。再之后，随着斗争范围的扩展——强奸立法为罪，争取职场男女平等权、女性平等参政权——我又提议了一些新的冲击公众舆论的手段。

而“选择”协会的创立和取得的成就，也大大丰

1　见后面第21章。

富了我的人生经历。例如，在此期间，我曾组织监理了很多主题有价值、对女权主义有深远影响的国际研讨会。[1]

总之，所有这一切都可以完美融入我的女权生涯，是我女权斗争中不可或缺的组成部分。1995年，雅克·希拉克践行他在总统选举中向“选择”协会许下的诺言，设立了男女平等观察研究所，身为“选择”协会主席的我是这个机构的成员，并为政府起草了有关妇女享有平等参政权的法律议案的提请报告。

“选择”协会如今已是上得了“大台面”的知名组织了，它的影响和声望可以让它做到一呼百应，甚至强过某些官方的声音了。

我知道，可能有些人会认为，将我们的组织由单纯的女权主义上升到“国家主义”，可能会进一步扩大它的规模，提升它的影响力。然而，只需要细数它自1971年成立以来，组织发起的各式各样、种类繁多的运动（包括出版的著作[2]，1981年参与总统候选人讨论并以“哪位总统会支持女性事业”为主题开会讨论，且在北京和联合国大会都留有它的足迹，还有它尤为重要的“最惠欧洲女性条款”提

1 伽俐玛出版社出版了这些研讨会的文件。

2 《人工流产权——一条正在诉讼中的法律》，伽俐玛出版社，1973/2006年版。《强奸——埃克斯诉讼案》，伽俐玛出版社，1978年版。《妇女运动共同纲领》，格拉塞出版社，1978年版。《主动选择生育》，伽俐玛出版社，1979年版。《哪位总统会支持妇女事业？》，伽俐玛出版社，1981年版。《女权时代结束了吗？》，伽俐玛出版社，1984年版。《妇女：地位平等，权力均占》，伽俐玛出版社，1981年版。

案）就会明白，我们的协会之于女权主义取得的辉煌成就和令人瞩目的进步，即使不是唯一功臣，也是做出最大贡献者，且它的每一项策略的制定和方法的运用几乎达到了预期目标。

如今，在法国乃至整个欧洲，有哪个女权运动组织能够如此有开创精神，既通俗（民众大会、报告会、影片……）又知性，且涉足政治（著书、法律对比研究、法律提案），既有自己的战斗武器（自己发行的报纸，尽管不太有名，但定期发行，季刊发行已超过百期），又有大众传媒的支持（很多电视节目争相报道我们的提案和运动）。只有我们的"选择"协会，它在一代代成员的不懈努力下，时刻斗志昂扬，且坚持独立自主，不攀附政权，未来定会让我们的妇女事业取得长足发展。是的，我对此感到无比自豪。

我觉得自己受到了命运的优待：我从青少年时期就开始的女权事业，如今后继有人，且有"选择"协会这样的组织，可以将她们团结在一起，拧成一股力量。来自各个阶层、各行各业的她们让"选择"协会人才济济，她们是激发我不断思考的动力源泉。为了同样的目的——捍卫女性尊严——聚集在一起的她们，即使有差别、有分歧，也只是途径方法上的不同。正是她们的繁杂多样让我时刻都能发现亮点，获取经验。我一直渴望建立这样一个女权组织，为妇女们提供思考、交流和共同进步的机会，从而开创妇女的共同事业：按我们的意愿改造社会。

我之前常说因为没能生个女儿而深感遗憾。现在看来，真正令我遗憾的不是没有女儿，而是好奇心没有得到满足。因为在与那些坚定果敢的年轻女性共同工作，组织“选择”协会的女权运动，起草《最惠欧洲女性条款》的过程中，我的这种遗憾就慢慢减弱了。“我们都是您的女儿。”一位年轻的会员（律师）常常这样跟我说。她们都是积极战斗的勇士，勇敢且坚定，是我真正的女儿。

可以说，我创立了“选择”协会，“选择”协会也成就了我。

以上就是我分享给大家的一个美丽的冒险故事、一个仍在继续的故事。

9

卖淫，是自愿选择，还是被迫为之？

1975年夏天，一个阳光明媚的周六下午，事务所关着门，里面空荡荡的，没什么人。这时，一个金色头发的年轻女子微笑着走到我的面前。交流过程中，她思维敏捷，言语流畅，自带感染力。她叫乌拉(Ulla)，是一个妓女。

“我们在法国女性权利联盟的支持下……”说到这儿，她停顿了一下，继续说道，“现在，西蒙娜·波伏瓦仍是她们的主席！”

然而，她不知道，我们的这位主席在博比尼案件之后就开始与“选择”协会保持距离了。我们所做的事情她都不赞成，包括赴国民议会申请修改法律条款(她拒绝加入我们的代表团，也许是因为在她看来这太像政客行为了吧)，我们坚持认为的“底层女性私自堕胎遭受的伤害要远远大于有产阶级女性”(这在她看来是同情心泛滥的表现)，以及我们向名人靠拢，如同诺贝尔奖一样(对她来讲过于受人瞩目，过于张扬)。同样，我们很多行动方案策略的制定，她也很少参与了。

乌拉自报完名字后，就不再说话，等我的反应。我没有立刻回应她，因为那一刻我满脑子都是波伏瓦那些谴责卖淫行为的文字，她主张坚决抵制任何形式的卖淫行为。乌拉走后，我决定要具体调查研究一下此方面的问题。她说：“我们的斗争正在向全国范围乃至世界范围发展，”说着，她张开双臂做了个展开的大动作，“发展到荷兰、美洲……”

她所说的斗争就是妓女们联合起来反对卖淫的斗争，乌拉作为她们的代言人，希望我能加入她们，她此行的目的就是希望“选择”协会能跟其他那些已经表示愿意支持她们的协会一样，公开支持她们的斗争。

该运动于当年6月在里昂的圣尼济耶教堂宣布开始。然而，后面如何继续？为了什么？具体的目的是什么？没有人知道，所有人都处于迷茫混沌之中。难道她们就是要利用这期间有可能发生淫媒和警察勾结的丑闻，来永远摆脱她们现代社会奴隶的身份吗？结局可想而知。

“这就是男性对女性的压迫，”乌拉控诉道，“并且，皮条客与丈夫，都是一丘之貉。”（某些女权主义者的口号就是：“我们都是妓女。”）乌拉——像其他很多女性一样——坚定地认为这个世界上根本不存在真正爱她们、支持她们的男人。她和她的同伴们就是男人们的牵线木偶，受他们控制，任他们摆布。我并不是对她们有偏见，也不是质疑她们的这种说法，我只是不明白她们这么说的意图是什么。“你们是想继续做妓女还是想摆脱这种生活？”我还记得乌拉听完这个问题后的反应：她将椅子向后移了移，环顾了一下四周，眼神迷茫。然后柔声说道：“您知道，一些大的运动组织已经不再叫我们‘妓女’，而改称‘性工作者’了。”她的反应和我料想的差不多。“那么，你们斗争是为了得到些什么呢？”乌拉听后立即开始讲述淫媒与警察狼狈为奸，如何迫害、虐待她们。“简直没有公理，我们既要被他们围追阻截，又要交税给他们！”她解释得很明白，目标也很明确，就是建立她们的“行业”[1]秩序：认可她及同伴的合法权益，惩罚那些非法侵吞她们卖淫收入的人。卖淫收入，这正是问题的根本症结所在。

我答应她会将她的意愿上达到“选择”协会，因为支持卖淫并未写入协会的基本纲领，所以需要跟会员们做一番解释说明。

运动仍在继续，依旧浑浑噩噩，没有明确目标。这些妓女们实际上已经陷入社团主义了，大张旗鼓地声讨淫媒，却被人家悄悄告上了法庭。

在阿姆斯特丹曾召开过世界妓女大会（1985年）。会上，“选择”协会公开表示持保留态度，却招致讥讽。但我们没有因此改变我们的立场，我们始终是坚定的废奴主义者。

自古代开始，在男人为主导的社会体制下，女人受奴役被看作是天经地义、理所当然的事，因此妓女行业一直被认为是合法的，是男人工作之余的调剂

1　今天，荷兰（2001年）和德国（2002年）承认妓女是“性工作者”。而瑞典法律规定惩治嫖客（1999年）。根据公布的结果显示，该项法律颇具成效。

品。后来，是女英雄约瑟芬·伊丽莎白·巴特勒[1]废除奴隶制的提出，开启了反对卖淫——奴隶制在现代社会的最后残余——斗争的序幕。

我们当时的处境确实有些孤立无援，但是时间说明了一切。几年后，乌拉公开承认她说了谎，她是受淫媒操控的，且大多数妓女都是受淫媒操控的。

因此，时至今日，卖淫仍然是欧洲乃至全世界的女权主义者和政府部门需要考虑解决的问题（是要自由还是受奴役？是直接废除还是用法律约束？是惩处还是规范组织？）。

联合国认为，性交易和卖淫是反人类道德、践踏人类尊严的行为，因此不反对建立相应的监管和惩罚机制。卖淫公关团队的能力也不容小觑，他们成功使用了一些模棱两可的表达方式。因此产生了“强制卖淫”的说法，言外之意，就是存在“自由卖淫”行为，即自愿卖淫行为。

由此导致各国对卖淫的态度和政策有所不同，大致可分为三个类型：卖淫合法（将卖淫视为从事合法工作，法律完全允许）、名义禁止（法律规定禁止，实际允许）[2]和严格禁止（明令禁止，严防死守）。而在欧洲，只有瑞典算得上是严格禁止卖淫的国家。而它在1999年1月1日颁布的法律条款却有了

1 英国女权战士约瑟芬·伊丽莎白·巴特勒（1821—1902年）的斗争，是1902年国际废奴联盟组织的欧洲废奴运动学习的榜样。

2 包括法国在内的欧盟17国。

出人意料的改变：只处罚嫖客，卖淫者无罪。几年下来，该国的卖淫活动和性交易大大减少了。

“选择”协会在它的作品《最惠欧洲女性条款》中，有一段专门写反对卖淫的段落，标题是“欧洲的耻辱”。而瑞典的这项法律，被评为欧洲最受女性欢迎的抵制卖淫条款。

卖淫一直以来都是一个有争议的话题。

这种争议在女权主义者当中也存在。且让一些女性知识分子有了可乘之机，以“女性兼女权主义者”自居的她们，自说自话，真是可笑。细看她们的作品，历数她们参加的社会活动，除了个别人之外，在她们身上根本找不到任何女权主义的特征，在以往那些诸如争取自由流产权、女性平等参政权、职场男女平等大型女权运动中，也没见过她们的身影。

卖淫的自由选择权，不过是为她们提供了一个讨论话题而已。

真正的女权主义者是实实在在融入这场声势浩大的运动中的，这场开始于里昂、由妓女发起和参与的运动，要求职业正常化，即妓女职业和其他职业一样，不能被区别对待。可是她们出卖的是自己的身体啊！对此，她们又会说：“那又怎样？我的身体是属于我自己的呀！你们不一直这么说吗？”

我觉得她们这是对人类自由基本原则的严重误解和歪曲，并有可能导致女权主义已有的斗争成果付诸东流，甚至会威胁到人类文明。人的身体不是商品。全世界公认的文明准则：所有国家一律禁止买卖人体器官，无一例外。性器官，作为人体的一部分，是保持每个人身心健康必不可少的重要器官。今天的我们应该没人会否认这一点吧？然而将其出卖不就是在出卖自己的器官，或者说出卖自己吗？道理与之前提到的代孕，出租自己的肚子是一样的，二者真是如出一辙，一样的出发点，一样的反人类自由（拥有自己身体的自由），因此都是一种违背人权的行为。当然，有重罪情节的性交易、性买卖除外。

我听过很多妓女的控诉，也为她们当中的一些人做过辩护。我认为她们不太理解正常女人的世界和人际关系：无论是有工作的职员，还是没工作的家庭主妇，大部分人的生活模式都是大同小异的。而她们呢？她们当中的绝大多数，无论单身还是有伴侣，都已经把男人（以及他们的世界）清除出她们的世界了。

妓女们也没有正常公民该有的权利，具体来讲，像国民大会的政策制定和讨论都与她们无关。就拿共和国的最基本原则——捍卫“自由”“平等”来说吧，对此，让她们如何发表看法？所以，我感觉她们已经脱离了这个社会，处于自我隔离状态。她们在自己的世界里不分昼夜地做着性奴隶，她们的生活状态和将身体所有权转让出去的行为，证明她们就是现代社会中的奴隶。

而那些“自由主义者”（就是那些在“自由选择”话题上大做文章的人）却说：“不对，奴隶和妓女不同，奴隶是终身制的，从出生到死亡都是奴隶。”我给他们的回答是：“妓女们能随心所欲地选择干或者不干这一行吗？她们有这个自由吗？”

由于在此期间，我读了波伏瓦《第二性》中专门论述卖淫问题的章节，我在我的一篇文章中曾引用过其中的一句话：“妓女没有任何人权，她们身上表现出来的都是女性奴隶的特征……”[1]

她们中的某些人认为，这个“职业”只有不被禁止和管制，才是赋予从业者自由，甚至倡导要因此尊重她们的这种“选择”，尊重她们的意愿。也就是在她们看来，妓女们是积极主动加入或者心甘情愿加入这一行的。

那么，我不禁要问一下这些荒谬言论的持有者们，你们有没有实际调查过、思考过，她们选择从事这个“职业”的社会经济根源是什么呢？她们当中一部分人是强奸或乱伦生下的孩子；另一部分，也是最主要的一部分，是因为失业、悲惨遭遇、工资微薄等生活所迫；当然也有一些是被迫加入者。[2]

---

1 波伏瓦《第二性》，第二卷，Folio，1949/1976年版。

2 根据帮助妓女协会的资料显示，80%的妓女是滥交或灾难的受害者。非洲和东欧贫困地区妓女数量的持续上涨印证了这一资料数据。

如果问妓女们的意见，她们似乎还是会选择继续将就着过这种生活。她们中大部分人已经干这行好多年了，已经习惯了这一行的作息时间、工作环境和薪酬收入了，有些人甚至明确表示："开始，确实有些艰难。现在，还好吧。我已经不想改变了。"她们这么说其实是有意回避最初卖淫时遭受的痛苦、暴力虐待和精神蹂躏。这就是一种屈服，向命运屈服，屈服的代价就是出卖自己的身体。她们要努力活下去，所以屈服就代替了所有人生志向和梦想，这主宰着她们的命运。

她们中有一个人曾经勇敢地揭发逼迫过她的淫媒。在轻罪法庭庭审过程中，她当面斥责淫媒的罪行，最后法庭重判了淫媒，我向她表示祝贺。她指着法庭后排听审的两个人对我说："还有他们，他们是要杀我灭口的人。"她很勇敢，当时仍尽力面带微笑。

那一阵子，她干什么都小心翼翼，时刻处于防范状态。在庭审后的四五个月里，我都会定期去看她。她找了一份售货员的工作，还交了一个朋友，这个朋友也是个妓女，所以想从她这儿获得一些建议。她挽着朋友的胳膊告诉她："你知道，做过妓女的人，就相当于被判了死刑，再也找不到男人了。"我后来再没她的消息了。不知道现在她是活着，还是已经被暗杀了。

她和她的朋友之所以"选择"做妓女，其根本原因就是那些久未解决的社会问题，也就是悲惨遭遇、歧视、抛弃促成了她们“自由”选择了这个职业。

我觉得我们这些主张废除妓女制度的人与那些提倡“自由选择”做妓女的人，说的不是同一个社会现象。她们更多的是聚焦那些“白日美人”，电影里的女主人公或出入沙龙的交际花[1]，而不是那些“像羔羊一样任人宰割、时刻被看作贱民的普遍意义上的妓女”[2]。

禁止卖淫又有什么用呢？既然它无处不在，必要的时候，还可以转入地下。这种关于卖淫“无处不在”的舆论造势（来自知识分子中的同谋者）就是在说，作为一直存活在这个世界上的“历史最悠久的职业”，卖淫行业会一直存活下去。对此，我真的难以苟同。因为人类发展到今天，人类文明在进步，性关系也应该得到改进，变得正常化。当然，实施起来并不容易，因为它大胆挑战了人们长久以来的固有信条——将人类本能的性需求放在首位；因为这个社会，从伦理道德到文化传统，都将性视为人的自然需求，“任何情况下”都应该予以满足。否则，社会秩序就面临被破坏

1 对此的解释详见伊丽莎白·巴丁特的《还妓女话语权》（《世界报》，2002年7月31日）和玛塞拉·拉库布，卡特琳娜·米耶和卡特琳娜·罗伯-格里耶的《既非凶手，也非受害者，卖淫自由》（《世界报》，2003年9月1日）。

2 《第二性》。

的危险，即暴力、强奸案件的出现。

持此论调的人，又将女性感受置于何地呢？她们自己的本能需求呢，她们是愿意还是拒绝？很少有人关心。

再说说她们的另一个理由：地下妓院、黑市卖淫的存在。一个经典的悖论：越是禁止的，就越是要违反。那么，是否就应该因此不禁止该行为呢？想想毒品交易、买卖人体器官以及其他很多犯罪行为，是否能因为它们在“黑市”存在，就不去禁止了呢？

所以，任何国家都不应该对此行为做出任何让步，因为任何国家都有立法和维护公民利益的责任。有了禁令，即使黑市存在，也必然只是小范围运营，至少不会像听任自流的合法交易那么大张旗鼓，为所欲为。实际上，也就达到了减少卖淫交易的目的。

当时，“选择”协会也不可避免地加入这场论战。那些最年轻的、明确表示反对“选择”协会观点的女性（除了少数特殊情况外），就揪住“我的身体属于我”这一点，大肆渲染、极其激进地阐述她们的观点。盗用别人的观点竟然还能如此毫无顾忌、理直气壮。她们当中的一些人似乎对左翼政党反对强奸诉讼法的运动很感兴趣，并以尊重男人本性为由为卖淫行为做辩护。

这少数几个人的发言，也一度在我们的会议上掀起了不小的波澜，接着就消失得无影无踪，再也没出现过了（据我所知）。但她们让我们知道，必须明确与左翼政党的关系了，包括与他们的成员和报刊媒介（当时是《解放报》）的关系。

1968年的“五月风暴”以及他们组织的革命性论战——都是以男性为主导的——应该也没有给我们留下太深刻的印象。

10

经济独立，两性生活，夫妻

青少年时期，我在一些家庭、部落以及朋友当中做过一个实地调查。调查结果是：涉及的三四代人当中，没一个女性有过自我谋生的经历。工作、挣钱养家的都是男人，即父亲、丈夫、兄弟。这些男人除了工作，还要经历必要的能力培养、技能习得以及找工作这些前期准备。男人负责的就是指挥、决策和养家。这完全是父权制度下的产物，大男子主义的表现。根据不成文的规定，只要是儿子，哪怕已经结婚另立门户了，还是要承担起养活父母、供养姐妹以及为其购置嫁妆的责任，无论收入如何，多挣多给、少挣少给。而女孩不工作，成为供养对象被看作天经地义的事情。这种供养给男人带来的负担是非常沉重的，尤其是当他的姐妹到了谈婚论嫁的年龄，简直就是噩梦。购买嫁妆、提供婚房（公寓、家具、餐具等），几乎要倾其所有，还要为嫁妆清单，小到勺子的数量、窗帘和厨房垃圾桶的存留问题争吵不休。男人们不能有负他们的身份，不能拒绝承担这些义务。按照传统，只有家里所有姐妹都出嫁了，家中的长子才能娶妻结婚。无论他与她们的年龄差距有多大，各自的实际状况如何。如果破坏了这个传统，厄运就会降临到这位长子以及他的新家头上。这种迷信和根深蒂固的封建传统的根源就是认为妇女不能自立，天生要靠男人养，需要专横的家长（或者男性代表）的保护。

小的时候，母亲弗尔缇娜向父亲爱德华[1]报账的场景一直刻在我的脑海里。由于家里吃的、用的所有开销都是由我父亲负责，我母亲兜里只有少量零用钱是用来日常应急的，所以弗尔缇娜每天晚上都必须把她认真记下花销的格子纸交给我父亲过目。我还记得，爱德华有几次因为粮食买多了、小费给多了而发火的场景。只听见他大声咆哮：“我的钱不是大风刮来的，我累死累活挣钱都是为了你们！而你们这些败家子，一点儿不知道珍惜！”在我看来，他之所以这样嚣张跋扈，就是凭借着他养家、养姐妹、养父母的男性权威（他不停重复“养”这个意味沉重负担的词）。他上演这出闹剧，就是想彰显他的家长地位、他的至高权利，以获得内心的满足。弗尔缇娜，被打压，受斥责，唯一能做的就是尽力为自己辩解。“爱德华，这都是为了孩子们啊，小费是为了让送货的人能快点送货……”但是，爱德华基本不听她解释，于是弗尔缇娜的头低得更低了。她又能怎么做呢？她有时会尝试从容面对，或是用柔情打动他。这时，她会慢慢走到爱德华身边，柔声说：“听我说，冷静点，你很清楚我都是按你说的做的呀。”总之，就是为了那么一丁点超额支出，她需要竭力辩解，以求能蒙混过关。

1　《弗尔缇娜》。

这让我深深感受到了一个女人经济上不独立、家庭财政上没有话语权所导致的后果是什么。我冷眼旁观这些报账场面，内心很难过。我觉得母亲很可怜，她就只是来回解释、分辩，很生气，却从来不敢反抗。每到这个时候，我就很讨厌我的父亲，讨厌他的专横跋扈，讨厌他对我母亲的肆意侮辱。

因此，我发誓：无论未来怎样，我都不会过这种女仆一样的生活，我绝不会像弗尔缇娜一样永远做一个可怜的哀求者。

于是，在他们对账后的几个夜晚，我都会一边许下这个誓言，一边思考如何消除导致这种不幸的根源——女性经济上的不独立。我当时经常在黑暗中，眼望屋顶，思考到深夜，然后在日记本上写下这几句话："我不会靠任何人养活……我要上学，我要学有所成，我要工作。等我做了律师，我就可以有足够的钱养活自己，不用依靠任何人了。"但是，如果做了律师，我也挣不到足够的钱怎么办？我左思右想，还是没能写下"我就换个职业"这句话，于是我索性把最后一句话从日记本里删掉了，代之以"即使收入微薄，我也要坚持做到经济独立"。

写完这些，合上日记本，我却睡不着了，翻来覆去地在想，什么样的社会制度可以让妇女们不再过弗尔缇娜这样的生活？我设想了上千种答案，一个比一个离奇。所以，当与我同住一个房间的两个兄弟、一个妹妹起床的时候，我刚睡着几个小时。听着他们打着哈欠，哼哼唧唧走向厨房洗漱，我就在想，他们为什么没受到任何影响，居然能睡得这么好，真是奇怪。难道他们什么也没听见？此时，弗尔缇娜也准时起床了，正在为我们准备早餐：给每个人倒上牛奶、烘烤涂了橄榄油的面包片。她仍然精神饱满，前一晚丈夫的无情打压并没有在她的脸上留下任何痕迹。然而，我猜想，这些痕迹不是不存在，而是太多、太深，已完全将她淹没，她因此变得麻木了。

我认为我从青少年时期开始就已经在践行我的这个誓言了。18岁时我来到了一直向往的巴黎上大学，其间，我教过高中生法语，通过在面包店张贴小广告招收学员；学过安装使用大型电话交换机，就是一种美式电话交换机（当时为巴黎军用电话机），这个大家伙可以接通盟军的所有战场；因为当时战争还没结束，我又学了速成英语，为的是能加入夜班队伍多挣点钱，这样我就有去先贤祠索邦大学学习法律和哲学的学费了。

做了律师之后，我一直都能做到经济独立，单干的时候养得起自己，有了团队之后养得起团队。当然也经历过拮据、艰难时期：借过债，贷过款，偶尔也会有亏损和萧条的时候。但我都会咬紧牙关，继续坚持，坚守我的第二天性——绝不向命运低头。

我说了这么多就是想告诉年轻的女性们，经济独立是你们获得自由的基石，是你们摆脱人为设置的“天生”从属地位的手段。而且，经济独立也会给你们带来自我成就感，让你们感受到真正的快乐，甚至是某种说不出的美妙感觉。旅途中的事故是会造成伤害的，但不会阻止人们继续前行的脚步，地平线分分钟都会出现在我们眼前。

一个女人，如果（经济上）一味地依赖男人（无论依赖程度如何），她怎么可能成为一个有自主权的自由个体呢？如果没有自己的工作、事业（无论收入多寡），又如何在社会上立足来实现经济独立，从而打破这种依赖呢？

有了工作，她们的视野就开阔了，交际也更广泛了，才能真正融入社会。无论工作多么普通，职务多么平凡，她们都是在参与创造人类未来。她们也因此可以主宰自己的生活，发挥自己的才能，获取人生成就。女性在夫妻关系中也不再需要遵循男人们强加给她们的“男尊女卑，男人主宰一切”的家规戒律了。实现男女平等，既可以解除男人身上封建家长制带来的负担，又可以让女人靠经济独立摆脱受奴役的身份。

只有基于爱情的性爱才会带来真正的快乐，而靠人供养的女人，即使不满意他们之间的身体接触，性爱中也不得不装出快乐的样子，不然，还能怎么办呢？找一个情人，然后继续在床上跟丈夫演戏吗？就因为他有社会地位，是她的衣食来源，不这样又能怎样？离开他？那么，没有任何经济来源的她，以后的日子怎么过呢？无疑，还是得去找其他男人依赖，与之前又有什么不一样呢？

相反，两个独立的个体结成夫妻后，仍保持各自的独立，在性生活中就不存在强迫和不情愿，因为双方是自由平等的，也就都会开心快乐地去做这件事情了。

记得在博比尼诉讼案之后的1974年和1975年间，“选择”协会内部进行过几场激烈的讨论。其中有些女同性恋成员，她们认为无论女性多独立，在性爱中永远是处于被动地位、受男人欲望控制的。

按照她们的说法，女性在性行为中失去自由意志，与经济是否独立没有任何关系。

这些激进派女权主义者的言论深深震撼到了我们。

因为我们中大部分人都是有伴侣或曾经有过伴侣的。那些在这方面有过失败经历的人就会因此变得迷茫和困惑，开始自我反思。而另一些人会思考一个残酷的现实问题：性爱真的能把一个自由独立、积极抗争中的女权主义者变成雌性动物吗？如果是这样的话，这种严重退化是只在性交过程中出现，还是终将造成夫妻关系的改变呢？“选择”协会就此上演了又一轮大型论战。难道在现代社会，妇女们还要经历炼狱考验、神意裁判，才能获得真正的女性尊严吗？是不是必须——像那些人所说的那样——彻底断绝与男人的性关系？尤其是还有一些

“分裂主义者”打算在法国推广美国女权运动策略，即在社会各个领域发起“他择性运动”[1]。也就是走上一条与男权道路并行不悖的平行道路。从几何学上来讲，这两条路永远不会交汇。

我承认我犹豫了很久。我仔细回忆了一下——不时翻看一下从前的日记——我经历过的几段恋情，尤其是有过最亲密关系的那几段。惨痛的经历让我的头脑异常清醒，所以我在与男人的关系上是审慎且挑剔的。

我会给他设置一些测试，让他在毫无防备的情况下经受一些考验，有时候都有些像精神骚扰了。比如故意分开一段时间（短期的），反复问一些荒唐的问题，总是试图把对方逼到无路可走。

经过深思熟虑之后，我终于做出了决定。

我不会向爱情妥协，也不会因爱而迷失，任何时候我都会保持独立和自由。我会本能地拒绝过于缠绵、激情放纵的爱情，也不会将爱情视为必需品、没它就活不了。当然，在某些时刻，爱情确实是我生活中的（重要）组成部分，但不能反客为主，让它左右我的生活。因此，我没在我的日记本里写过任何像西蒙娜·波伏瓦写给萨特和奥尔格伦的信中用过的那些爱

1 从现存社会体制中分裂出来的反习俗规则的运动。

到疯狂、爱到极致的话，半句都没有。

我相信，经济独立、在社会上找到自己的位置，哪怕再平凡的岗位也好，是保证妇女不在夫妻关系中失去自己人格的最好武器。

而一个男人，如果真的爱他的妻子，就会承认和接受妻子要求夫妻平等，争取人格独立的意愿，就会将婚姻看成两个自由个体的结合。

必须承认，在当今这个社会，没有几个人认同这一点，因此很难实现。

我发现，自由且经济独立的女性往往更吸引（有一定社会地位的）男人，只是交往一段时间后（当激情退去的时候），男人又会受不了这种彼此独立的情侣关系，这听上去似乎有些矛盾。因为时间长了，男人希望建立亲密无间的类似夫妻一样的关系，你中有我，我中有你，只是社会是否允许呢？于是在接下来的日子里，他会天天想见到她，干涉她的行动（参加工会运动），点评她的爱好、艺术品位、文学创作……夫妻（照常理，必然是亲密无间、形影不离的）或家人的亲密程度也不过如此吧！只是，如果这个时候刚好有了孩子，那就一切都好办了，孩子的出生可以让母亲重回传统道德的牢笼，因为按照文学作品、新闻媒体鼓吹的“女人天生具有母性”的说法，母亲就理所当然要做出牺牲来成就母爱的伟大了……

女人应该记住，无论丈夫的工资够不够养活全家，在是否回归家庭继续做家庭主妇这个问题上（哪怕有人告诉你是暂时的），还是要慎重考虑。

女人们应该意识到，所谓的亲密无间的夫妻关系只不过是一个圈套。这甚至剥夺了她们自我选择的权利。根据她们觉悟的时机和每个人的具体条件不同，她们最终或重新，或永远不会走上自由之路。

11

反家暴斗争

长期以来，女权主义者们一直坚持揭露家暴现象的存在，并努力分析这一可怕行为的成因，以求找到解决办法。然而，令人吃惊的是，知识分子们对此问题的看法并不统一，拥有不同观点，最终于2003年演变成激烈的冲突。

一些自称是女权主义者的名人[1]通过写文章、发表抨击性文字以及媒体宣传等方式，对法国女性暴力国家调查委员会[2]发表的调查报告提出质疑和反对，该调查报告统计出的妇女遭受暴力，尤其是家庭暴力的数据，令人瞠目。例如，报告显示，在法国，每三天就有一名妇女死于家暴，而就在我写下这些的时候，已经发展到每两天死一个了。

一家很有名的女权杂志[3]用一篇标题为《一场爆发于沙龙中的反女权运动》的文章，叙述了这些知识分子是如何“逻辑缜密”地支持卖淫，推崇卖淫自由的。

女性遭受暴力是一个普遍现象，存在于社会各个阶层，“一直是当今社会侵犯人权最严重、最普遍的行为之一”，国际大赦组织如此严正宣布。它是男权施加于女性最极端的表现，也是封建家长制仍然残存的体现。

在沙龙和编辑部高谈阔论的“女权主义者”认为，那

1 其中就有伊丽莎白·巴丁特，根据她的某些成就和作品完全可以认定她的女权知识分子身份。

2 玛丽斯·若斯帕尔及其他人，《法国女性遭受暴力调查报告》，法国文献出版社，2003年版。从那以后，家暴案件不断增加。据国家犯罪观察研究所（OND）调查数据显示，2004年到2007年，家暴比例增长了31.1%。

3 《女权新问题》，22卷，2003年第3期。

些妇女之所以挨打，是因为太软弱。换句话说，她们被施暴、受伤害都是自找的，不是男人的错，不应该指责他们。她们这么说，仿佛在家暴中女人是受害者只是一种假象，受害更深的是男人，因为他们因此蒙受了不白之冤。所以，她们认为妇女们这样抱怨、申诉，不如直接反击施暴者，也就是说她们就应该以牙还牙，以眼还眼，不需要指责和控诉。她们之所以这么说，说明她们根本没有用心思考过引起家暴的根本原因是什么。首先，从身体素质上讲，毫无疑问，男性从块头到力量都要强过女性；其次，男人的社会影响、经济地位以及长期以来社会对女性的打压都是造成家暴的根本原因。

那么，请问这些自认为独树一帜的“女权主义者们”，当你们在公司遭到性骚扰时，是否不会提起诉讼，而是直接狠狠打凶手几个耳光就了事了呢？

于是，我们不免会想，持有这样言论的人是否了解公司里的人际关系、老板/员工的等级划分，她们是否了解受害人面临的困境和可以行使哪些相关的权利。

她们必然也没有考虑到，在公司里，职员的最大担忧永远都是怕失去工作，生活因此没了保障。

然而，在她们看来，这不算什么，可以解释为出于“自我防卫”。

试想一个女人遭遇上级骚扰，像前面说的那样将上级推开，扇了上级耳光，那么她还能在她的工作岗位上待多久？如果因此被解雇了，她再就业的机会又有多大？即使再就业了，晋升的可能性又有多少？一切都是未知数。

还有那些贫困阶层的妇女，遭受的家暴尤为严重，属于亟待解救的群体。

为此，女权主义者们创立了一些救助网点，用来接待、支持和帮助那些遭受家庭暴力伤害的女性。大家先团结起来，这很必要。

然而，这些做法是治标不治本的，我们无法绕过摆在面前的实际问题：这些女性未来该怎么办，是继续忍受暴力，还是开始新的生活？

假使丈夫因施暴被判入狱（这种情况很少见），或许他们还会接受一些精神或心理治疗（通常他们会很快放弃），妻子就得扛起整个家，一个人承担所有，所以在接下来的日子里，她就得一边修复创伤，一边照顾家、照顾孩子。领取的补助金和资助很快就花光了，只能再去申请其他的救济金，从此过着朝不保夕的生活。然而，她还会相信丈夫不再向其动手的保证吗，还会相信悲剧的产生是出于爱吗（“就因为我太爱你了”）？

男人们很机智，将暴力行为说成是爱与性的交融，将暴力划入（男人的）天性和（性）本能的范畴。这也很好地掩饰了男女不平等——与欲望无关——对性行为（比如强奸）造成的影响。

至于可爱的孩子们，父亲当然很想念他们，他们的出现无疑会让他们的父亲恢复“正常”人格，他会变得温柔，开始忏悔。他发誓说他爱他的妻子，渴望见到他的孩子们，并保证以后要做一个好丈夫、一个好父亲，让家庭生活美好和谐。他还会用尽一切办法让他“仁慈”的妻子——一个家暴受害者，忘记之前受到的伤害，原谅他，宽恕他，因为他想重新回到她和孩子们的身边。

而这些妻子，由于种种原因：丈夫的猜疑、要照顾孩子、缺少职业技能等等，往往是找不到活干的。因此她们都没有什么经济收入，一直靠虐待她的这个人养活，也就是全家人都要靠这个打她的人来养活。所以，如果她因家暴离开了她的供养者，她今后应该怎么生活呢？既没有经济来源，也没有获取经济来源的手段。一个家庭主妇，如今要一个人撑起这个家，她才发觉她早已丧失了这个能力，她已经不可能按自己的意志去选择了。然而，走投无路、被生活逼到墙角的她，这个时候又必须做出选择，于是她只能选择走回头路，忍受屈辱，忘记曾经遭受的痛苦，原谅她的丈夫，重新回到牢笼中。于是，“家庭唯一支柱”又获胜了，一切又都屈从于他的意志了。不然，又能怎么样呢，还有其他解决办法吗？

相反，如果遭受暴力的妻子经济上不这么依赖她的丈夫的话，她就完全可以谋求自我独立了：有一份自己的工作，哪怕收入不高；也可以有自己的圈子、自己的社会关系、自己的交际网和自己的朋友。这样，当悲剧发生的时候，她们至少可以在同事或朋友那儿寻求到物质帮助和精神支持。退一步讲，即使没有同事和朋友，她也可以用她的信用卡在附近租个小房子暂时安顿下来，尽管增加了每个月的还款负担，但只要有工资在，就一切都不是问题。而且如果她愿意的话，重返工作岗位，重新呼吸外界的新鲜空气，再次融入集体当中，重新思考、规划自己的人生，很有可能让她发现一个不一样的自己，开始一段全新的生活。那是一种自由，可以自己选择、自己决定未来的生活。所以，是重新走上社会，开始独立自由的生活，还是断绝社会联系固守在家中，或者正相反？需要她们做出选择。

所以，远离家暴只是女性自我救赎的第一步，接下来更艰难的抉择还在等着她们。结束之前与狼共舞的生活，开始一段新生活，必然要面临一些新的选择，她们也必须做出新的选择。只有这样才能重拾自由，告别屈辱，活出尊严，而不是做一个“家政女王”，终身在家服役。

在我看来，这些女权主义分析家们并没有深入分析家暴与女性经济独立之间的关系，而经济独立带来的独立的社会身份和文化身份，正是家庭妇女所没有的。

这个道理说起来简单，实则不然。以我的经历——从业50多年的律师——判断，这是从血泪斑斑的现实中得出的经验之谈。

还有一些“奇特”的受害人，她们经济独立，但她们还是坚持不离开她们的丈夫。理由很复杂，有很多是主观认识和性方面的原因。

我没有看不起她们的意思，只是觉得我们的女权斗争帮不上她们。对此，我们也不做过多评判，只是觉得，她们这种只图身体快乐的一叶障目的做法属于主观意识缺失，只能靠专家介入了。

我们是爱莫能助了。

12

女性工作，低人一等吗？

然而，我们不能将工作当成解决所有妇女问题的万能钥匙，也不能光靠工作就能完全改变妇女受压迫的处境。

而且，社会上各行各业，大小组织、机构（工会、雇主、传统的家族组织……）从未平等地看待过妇女的工作，她们在职场上也从未享有过与男性同等的待遇。她们被看成生活的陪衬，走入社会，也不过是做一些辅助性、服务性的工作而已。

所以，妇女们很清楚，她们获得经济独立需要付出怎样沉重的代价。[1]

是不是妇女们无论在家还是步入社会，低人一等的身份都不会改变，并因此无论是做家庭主妇，还是出去工作，对整个社会的经济发展都只是个帮衬而已呢？就因为她们总是被看成男人的附属品，女性根本无法享有平等的就业机会。传统观念对妇女的刻板印象就是：妇女只适合做家务、生孩子、处理家庭琐事，根本干不好其他工作。[2]

就拿工会组织来说吧，它一开始就认为，无论从体力还是智力上考虑，妇女工作都只是男人工作的辅助，上不了大台面，妇女不适合走上社会。

很久以前发生的“酷尔佑”事件就是这方面一个典型

1 工资低（绝大部分最低工资领取者是女性），受到不平等待遇（工资平均比男人低19%~23%），禁止晋升（著名的“玻璃天花板”或者“涂胶地板”）。失业率高于男性，尤其是年轻女性（23.9%），据社会学家玛格丽特·玛露阿妮统计，老年女性有85%是领取最低养老金的，与低额养恤金领取情况一样。

2 生孩子会降低女性从业率，生完第一个孩子的女性从业率是80%，生完第二个孩子，是60%，生完第三个孩子是37%。2008年4月11日签订的《父母章程》。文章来源：《世界报》。

的例子。艾玛·酷尔佑和她的丈夫，因印刷行业工会不允许女性加入书刊业，而于1913年被该行业开除，双方为此发生了冲突。在女权主义者的组织策划下，冲突最终演变为针对工会的反性别歧视“运动”。[1]

在我印象中，工会组织的罢工从未要求过“男女同酬”，然而这却是《罗马条约》(1957年)明文规定的、欧洲人都应该信守的原则。而且，在他们看来，有史以来，失业涉及的只是男性，因为女性干的都是临时的零散工作，根本没有真正享有过做长期固定工作的权利。

可是，公众生活与私生活是很难划清界限的。一个女职员、女工人，同时也是一个妻子、一个母亲。然而，她们并未因为身兼多职就受到什么优待，反而正是因为这些家庭负担，让她们在社会经济领域永远处于劣势，永远低男人一等。最典型的例子就是禁止女性上夜班(伯尔尼公约，1906年)。可能有些人认为这是善意的歧视，但是善意的歧视也是歧视，保护妇女的同时也是在贬低她们，低估她们对经济发展的作用。某些女权主义者甚至认为“妇女保护法”是一种变相的妇女歧视。

布鲁塞尔，依照欧洲相关平等条约(尤其是1976年2月9日发布的那条)，要求法国废除这条禁令，让法国的劳工法与整个欧洲保持一致。我对此表示支持。而某些目光短浅的雇主、老板

---

1 艾莉娜·古宾引自《女权时代》。

却表示抗议[1]，认为这损害了他们的利益。在我看来，这些人的见识未免有些浅薄了。

这种排斥的产生并不是因为妇女的健康状况或寿命长短，而是长期以来，除了一些特殊行业（医院、疗养院、养老院……）以外，接受上夜班的行业没有几个。

所以我觉得阻止妇女享有上夜班的权利，与我们今天倡导的社会平等原则是相违背的。

但是，如果劳工法的制定是出于全民的幸福和全人类的进步考虑，那就另当别论了。也就是，出于妇女健康考虑，是可以禁止妇女上夜班的，因为毕竟夜班是有害身体健康的！是不是同时也得在欧洲法律条例中加上禁止男性上夜班的条款呢？也就是完全取缔夜班是不是可以呢？很明显，这是一个不现实的想法。因为有些行业是必须安排夜班的，只是这些行业的夜班形式是不是可以变化一下呢？即采用男女混合制夜班形式，且男女待遇均等。

这样就又产生了新的问题——时间安排问题，尤其是妇女们（83%）的时间安排。无论立法者如何标榜法律的公正性、如何声称他们是出于协调生活与工作的关系考虑，最终承受繁重工作负荷的还是妇女们。她们既要日夜上班，又要照顾孩子，完全是一天当作两天，甚至三天在过。

1 尤其是极左派人士。直到2001年4月25日，法国才出台相关法律废除该禁令，与整个欧洲步调一致。

立法者如此宣称，尽管想尽力表现出他们善良的一面，却也让人清楚地看出，他们所说的“妇女因此可以自由选择工作时间”不过是他们的一面之词，很牵强，甚至有些恬不知耻。不错，对于某些妇女（只想星期三工作的家庭主妇、大学生、快退休或体弱多病的人），兼职工作确实增加了就业选择，提升了就业机会。而对于大多数妇女来说，兼职工作往往是额外负担，是不得已而为之的附加劳动。对此，很多国家领导人都不敢公开相关数据。他们会告诉你没有做过统计。即使是这样，也不难看出，相对于被迫接受者，选择做兼职者所占比重是微乎其微的。而且，选择做兼职者就真的是出于个人“选择”做的吗？如果选择的含义是在处境自由的情况下发自内心做出的决定，那回答是否定的。因为如果说失业（妇女失业问题尤为严重），缺少职业培训，只会做家务、带孩子这些限制了妇女就业，致使兼职成了她们唯一的谋生手段，即使工资少得可怜，她们也别无选择，那么兼职就是她们在没有其他选择的情况下的被迫“选择”了。所以，再多的花言巧语也难以掩饰这几百万妇女正在经受的残酷的社会现实。

结果就是，她们中的大部分人，从事着不稳定、重复且单调的工作，工作时间爆表，个人生活被搅得一团糟，收入起伏不定，职业规划、人生前途更是无从谈起。

最有代表性的兼职工作就是超市收银员（或者保洁公司职员），她们形容她们的工作就像一个临时候补，需要随时待命听候领导的召唤。

我曾和她们中好多人交谈过。她们表示内心对这份工作是抗拒的，却又无力改变，生活所迫，只能如此。“我们也试图抗议过，但谈判都失败了，我们不想再失业了……”2008年，不二价、家乐福等超市的兼职人员举行过罢工，场面很壮观——让法国人民知道有这样一群妇女的存在——只是罢工成果并不那么显著：只增加了一点点工资，工作时间没有太大的改善。

但是还是要向这场运动致敬，因为它标志着这群被忽视、被遗忘的群体开始有了反抗意识，知道拒绝不平等，知道反抗压迫了。

第一次世界大战结束后，尤其是随着1929年经济危机的到来，人们又将矛头指向了女性，认为是女性出来工作造成了男性失业。20世纪初，女性保守派们（尤其是天主教妇女联盟）也批判女性工作，认为这让女性偏离了她们的本职——家庭和母性。可见，女性工作遭受着社会各方面的否定、打击和不看好，简直可以说是众矢之的。

当然，也有赞成女性工作的，像女社会学家、女权主义者安德烈·米歇尔，只可惜她的相关研究成果、分析论述少有引用。[1]

她认为，正是女人的家务劳动，正如一位经济学家所说的不创造价值的劳动，保证了男人创造价值劳动（产生剩余价值的劳动）的完成。“如果没有女人提供的免费家务劳动作为资

1 “选择”协会发表的《妇女共同纲领》（格拉塞出版社，1978年版）就是安德烈·米歇尔主持起草的，她不赞成区别对待商业生产和家务劳动。

本运作的后勤保障，是很难形成资本积累的。”[1]

另一位女权社会学家克里斯蒂娜·德尔菲认为，反对者们所谓的出于“资本主义利益”考虑，毋宁说是出于“男性利益”[2]考虑。因为他们抹杀了女性的“家务”或“家庭”（她想把这两个词分开，因为前者只是后者的一部分）劳动创造的价值，而这是男性能够创造劳动价值中必不可少的支持。

女人之所以可以容忍男人不分担家务劳动，是因为长期以来，我们接受的文化教育让全社会都认为，家务劳动专属于女人是天经地义的事情。究其文化根源，这一传统观念很有可能来自《圣经》。

古巴女社会学家伊莎贝尔·拉尔戈娅对此的表述更为直观、犀利：“家务劳动专属女人，是男人将女人看成他们附属品（第二性）的一种体现。”[3]

所以，女人很难逃离这个“家务劳动垄断者”的陷阱。长期浸淫于家长制文化和男权思想之中，女性只能选择忍受和屈从，继续做这个“垄断者”！而对于男人来讲，分担家务劳动，或者说夫妻轮流做家务就伤及了他们的尊严，有损他们的颜面（大男子主义滋生的所谓男性尊严）。且千百年来，人们普遍认为，妇女就适合做“家庭妇女”，这种根深蒂固的理念，更使

1 安德烈·米歇尔在她的文章《西方女权运动与社会进程》中引用的安德烈·冈德·弗兰克的话，《现代杂志》1981年1月刊登了该文章。

2 克里斯蒂娜·德尔菲，《女权新问题》，22卷，2003年第3期。

3 Cf.安德烈·米歇尔引用的文章。

男性坚定了他们的家长地位和男尊女卑观念。在这样“利好”的社会环境下，他们又怎么会真的加入家务劳动呢?

至于最近20年有关男人参加家务劳动的统计数据，在此也没有必要援引了，因为根本没有太大增长。做家务的主要还是女性[1]，她们通常都是一边工作，一边还要承担起繁重的家务。只有少数几个“年轻父亲”会帮助分担一些，却也于事无补，说明不了什么。

家庭中的男女不平等是最难消除的，会伴你终生，甚至世代相传，所以我一直在认真思考这个问题，努力寻找解决办法。大家知道，传统、宗教、文学，以及影像、广告、媒体都能够塑造、改变人的思想，甚至左右人的精神。所以，我现在再一次觉得人的思想和精神也是可以人为干预和改变的。根据我一直推崇的辩证思维逻辑——法律可以让思想、精神得到适当提升，反过来，思想水平的提升、精神境界的提高也会促进法律的改进，只是周期更长一些。所以，要想快速做到让男性参与家务劳动，就应该先制定相关法律，进而消除传统家庭中的男女不平等，提升女性地位，让女性在物质、情感等方面都不再处于从属地位。

其实，很多人是期望整个社会发生思想转变的，只不过只是停留在虔诚的期望上。因为大家知道，只有在出台相

1 家务劳动的“硬核”部分（采买、做饭、洗碗、洗衣服、孩子的衣食起居）80%是由女性承担的。

关法律规定的情况下，这个期望才能成真，才能实现人际关系、社会习俗和文化习俗的改变。所以，思想认识要作用于法律，切实做到督促法律改变，从而促使社会的改变。社会改变了，习俗必然也会跟着发生改变。所以，申请立法是第一要务，同时这也是民主政治体制下必须走的程序。

我做众议员的时候，曾起草过父母产假平等权的法律提案。[1]此项法律涉及父母双方，即孩子从出生到两岁，国家赋予的休产假权利，父母双方均需享有。为了避免按照母亲工资标准——通常低于父亲的——计算假期工资，我建议按照夫妻双方工资的平均值计算，并且父母休假天数一样。如果双方不严格按照规定轮换休假，产假津贴将被扣除。

有了这样的规定之后，夫妻产假期间的津贴补助是以两人工资总收入为基数计算的，就避免了之前因妻子工资低而导致让妻子产假休得更长的情况——如今还是这个情况，也才能真正做到切实有效地让男人分担家务劳动，让法律成为改变思想的强大武器，我对此坚信不疑。

不妨设想一下：

首先是母亲，她们不再需要因生完孩子而长期甚至终身困在家中，因为有父亲产假的接替，母亲的产假就有了明确期限，母亲再不需要无限期地离岗、无休止地休假（有时候第一个孩子的产假还没休完就得休第二个孩子的产假了）。她们因此可以更精准地做好

1　1983年7月13日国民大会主席团通过该草案，定为2298号法律提案。

职业规划，找到社会定位，真正融入经济建设。这也避免了因长期离职而必须参加的一些返工培训、进修、实习……而这一系列从头再来的操作带来的往往是挫败感和打击，几次产假休下来，母亲最后就只能屈服于现实，自我放弃了。

其次是父亲，他们由此进入了一个全新的领域：尿布、奶瓶、新的作息表，当然还有孩子们最初的笑脸和懵懂的意识。全新的视野对他们原有的价值观产生了冲击，他们对世界的认知不再只局限于公司和男性领域。他们会发现，人与人之间的关系也不再只是绝对的竞争和比拼的关系。可以说，这很好地促进了生活与工作的相互调剂。

最后是孩子，这个母性欲望的猎物，从出生开始，接触、看见的都是妈妈，他的视野也不自觉地受限于妈妈的视野。而现在不同了，随着爸爸走进他的世界，他感受到了不一样的爱和表达爱的方式，开阔了视野，逐步感受到人类世界的多样性。[1]

我本希望能以此为突破口，最终消除职场女性歧视。[2]

然而，这个提案报告——以及我的辩护词——并未被列入国民大会当日的议事日程，也一直未能得到大会讨论。[3]

---

1 我觉得这个道理适用于任何父母。每个父母都有其特点，都可以带给孩子不同的体验，带给孩子世界多样性的初次体验。

2 现行《劳工法》关于产假的规定，既没有明确津贴计算方式，也没有严格规定父母交替休产假，只是一个摆设而已。

3 然而，斯堪的纳维亚半岛的国家从1974年开始就成功地实施了这条产假法。我们后来采纳了瑞典的产假法作为整个欧洲的产假法（见第21章）。

13

我的女权主义与政治

为什么我会对政治如此感兴趣，且高度崇尚民族政治呢？显然与我还处于蒙昧无知状态的家庭有关。我父母的思想还停留在突尼斯是法国殖民地的时代。我母亲就认为突尼斯一直都是属于法国的，以至于当突尼斯民族主义者搞暗杀弄得人心惶惶的时候，她对其怒不可遏地斥责。自那以后，她一度成了家族名人："他们想干什么？这些不知好歹的阿拉伯人。不满意可以滚蛋啊！"我尽力跟她解释："这是他们自己的国家，祖祖辈辈生活的地方。"

我父亲爱德华，也一样认为"阿拉伯人"是次等公民。可能是因为他们的祖先是柏柏尔人吧！而他有他的选择，他要做"文明人"，他想加入那些能给这个落后国家带来教育、医疗、政治文明的人当中，总之，他想做一个能促进国家进步的人。

大概在我12岁那年的一天晚上，父亲拿出一个硬纸板文件夹，上面有他用红色粗铅笔写的大写字体"法籍档案"。"看看这个！"他对我说。我于是翻阅了一下里面泛黄的文件。他将其中的一张（全家）入籍政令抽出来递给我，说："看见了吧，你是法国人，从4岁开始就是了……"他的这种身为法国人的自豪和对法国的爱，在轴心国（德国纳粹和意大利法西斯）军队占领突尼斯时（1942年11月13日—1943年5月8日），用他鲜明的政治立场给予了完美诠释。

在他看来，尽管"他的"国家战败了，但戴高乐将军是不会就此服输接受这个结果的。这也是他唯一的希望。因此，我们每晚都闭门不出，听伦敦电台播报相关消息。这些消息明明是面向法国人的，我父亲却觉得自己才是目标听众。他总是神情笃定地说："这些消息就是播给我听的。"对于他来讲，无论左派还是右派，只要他们是法国人且反对维希政府，就都是一样的。是的，他最初就是这样参与政治的，后来又参加了法国抵抗运动（1942—1943年），并获得了当时的法国总理雅克·希拉克（1975年）亲自颁发的荣誉勋章。

到了青少年时期，我发觉，掌权者——法国人——对突尼斯人的歧视与妇女遭受的歧视是有着某些共性的。且与人种或性别的优劣、天资才能无关，而是成见和刻板印象让殖民地人民和妇女成了次等公民。

于是，文化知识、政治权力、殖民主义、女性，错综复杂地交织在我的脑海里。白人殖民者既是科学、进步和现代文明的代表，也是男权的代表；而妇女与殖民地人民同属被压迫阶层，同是处在罗网之下的受害者，却不知道哪张网是最致命的。

"缺乏陷阱识别力，让妇女和殖民地居民一直深陷其中。"[1]看清了这一点，我便将政治斗争与妇女斗争相结合。殖民主义除了让我认清时局、认清历史，更多的是让我感受到了不平等和耻辱，这与性别歧视如出一辙。

所以，我决定上庭为主张突尼斯自治、独立的新宪派做辩护。

当时还是年轻律师的我，与巴黎的律师团队一同去拜访流

1　塔萨蒂特·雅欣娜，《服务男性或否认被统治的艺术》，Agone杂志，2007年第37期。

放在法国尚蒂伊城郊区的新宪派的领导人哈比卜·布尔吉巴。

这是我人生中第一次参与如此重大的政治行动。在此之前，高中时，我曾和我的一些坚持戴高乐主义的朋友（大多是因为父母是戴高乐主义者）“参加”过“抵抗运动”。我们毁坏了挂在教室里的贝当肖像，公然将洛林十字架（“谁惹我，谁倒霉”）别在衣服上，我们高声唱着：“元帅，再这样，您就是毁灭法国的罪人……因为戴高乐就是法国，法国就是戴高乐！”

老师认为我们做的这些不过是小孩子的“淘气行为”，因此反对纪律委员会开除我们。（但是我们仍然被停课了15天。）[1]

当然这与我那天下午去尚蒂伊城拜访民族解放运动领导人没什么关联。拜访结束后，一群记者在门口堵住我，采访我，于是我的照片被刊登在报纸上，我说的话第一次被媒体引用。是的，我正在参与历史。

在那次交谈过程中，哈比卜·布尔吉巴引用了维克多·雨果（《惩罚集》*Les Châtiments*）和阿尔弗雷·德·维尼（《狼之死》*La Mort du loup*）的一些言论，告诉我们他在学校期间就受到法国大革命所提倡的自由思想的熏陶，明白只有通过革命才能获得自由。

“您还年轻，”他第一次专门对着我一个人说，“以后您就会知道，人们会记住这段历史的……”我当时脸一下就红了，想说些什么又没能大声说出来，那时我毕竟还不到24岁。是的，这位突尼斯民族领袖说的没错，历史记住了他

1　《橙树之乳》和《不被尊敬的女律师》，普隆出版社，2002年版，袖珍版，2003年版。

们，他们的牺牲是有价值的。

接着是阿尔及利亚战争的爆发。直到埃维昂协议签订，1962年阿尔及利亚获得独立，我都一直以律师的身份为阿尔及利亚的战士们做政治辩护。[1]如果用一句话总结我这些政治活动的目的的话，那就是要将女权主义与反殖民斗争联系起来，这看似奇怪的结合，对我却意义非凡，是我那段人生唯一可以做且最应该做的选择。

马克思主义作品的影响，以及我本身具有的强烈正义感，让我很早就认识到，殖民主义及其替代品就是压迫、奴役人民的政治工具。

西方国家在科学文化上的领先丝毫改变不了他们用武力欺压弱小民族、无限期地侵占他们领土的不争事实。

启蒙思想的浸润、法国大革命的洗礼，以及其间对人权的深刻认识，让我觉得，任何形式的殖民主义都是毒瘤，正在侵蚀着法国，侵蚀着这个我为之奉献、深爱着的法国。

我们可以肯定甚至赞许殖民统治者的一些“善举”，建医院、修公路、建立井然有序的社会秩序……只是我不想这么做，我想说的只有一点：殖民地人民被剥夺了拥有本民族文化、本民族语言，以及本民族祖先的权利，自己的国家成了别国的领土，自己也就成了“生活在别国的外乡人，成了亡国奴”。多么可怕的种族异化。

---

1 《橙树之乳》和《贾米拉·布巴夏》。

而且换个角度想，没有殖民者的参与，本国人民就不能管理好自己的国家、让自己的民族取得同样的进步吗？按照他们自己的规划和节奏，说不定能走出一条更符合他们文化和传统的道路呢！可惜很少有人这么想，因为国土已被侵占，一切已成定局，假设根本不成立，他们只能认同他们被殖民的身份。

几年后，阿尔及利亚战争进入法庭审讯阶段。我是辩护律师，在一次诉讼过程中，一位律师同仁给了我一本小书。他对我说："看看这本书吧！读完它，你也就读懂这场战争了……"这本书的作者叫艾梅·塞泽尔，是一位马提尼克诗人。书名是《论殖民主义》。我很喜欢这位作者尖刻的批判风格和他对"殖民主义鹰犬"的责骂，更完全赞同他的主要观点："你们看到的是殖民者带来了进步与成就、医疗水平和人民生活水平的提高，而我，我看到的是，民族文化惨遭践踏，人民迷失自我，国家看不到希望。"[1]

而本身就出生在法属殖民地突尼斯的我，青少年时就开始对这种生活有了切身感触，真不知道怎么形容才好！

在我看来，每个民族都有自我形成和发展的权利，无论好坏，都应该有属于自己的未来。而主权独立是实现这一点的先决条件。如能保持主权独立，即使外力再强大，破坏再严重，也无法伤其根本。

1　艾梅·塞泽尔，《论殖民主义》，今日非洲出版社，2000年再版。Cf.《世界报》，2008年7月20日、21日。

这些战争诉讼案，大部分我都参与辩护了。我在当时艰难政治环境中表现出来的坚韧和高超的业务水平，证明了我并不比男人差。

还记得有一天，拂晓时分，穿着灰色制服的警察敲开了我宾馆的房门。“给您五分钟，收拾好行李。我们送您去机场。您已被驱逐，不能再待在阿尔及利亚了。”1958年5月9日，法国驻阿尔及利亚军队发动叛变，5月13日，我目睹了法国伞兵攻占阿尔及利亚政府大厦。我当时就在大厦里面，我被逮捕并关押在一处刑讯中心。之后，阿尔及利亚军事法庭[1]判了我三次死刑，且每一次都下达正式文件通知我。

当时的阿尔及利亚受法国殖民统治多年，而我做了殖民统治者口中的“暴乱分子、恐怖分子”的辩护律师，势必招致他们的憎恨和谩骂。

但是，阿尔及利亚民族独立斗争的领导者们却很信任我这个年轻女人，以至于他们把自由、荣誉乃至生命[2]都放心地交托给我，这让我感到无比自豪，让我觉得我自己很强大，可以成为和他们并肩作战的勇士。

就因为我经常出入这些战区，这些被认为只有男人才可以去的地方，不知遭受了多少次支持殖民压迫者的指责和辱骂（用极尽恶毒、污秽的言语）。他们当然不允许我这样的女性律

1 法国在60年代通过武力反对阿尔及利亚独立的军事地下组织。

2 阿尔及利亚军事法庭根据《刑法典》和《军事审判法》的规定，多次宣判死刑及其执行。

师，一位年轻妈妈站出来指责他们的暴力行为，挑战他们的(政治)统治。

至于如何将政治斗争与女权斗争有机结合起来，我当时还没有形成具体的想法，只是坚信只要二者齐头并进，就各自都能得到发展，取得进步。是的，我没有向恶势力低头，就像我永远不会向命运低头一样，我要继续坚持我的道路。

然而，必须承认，我是幸运的，我遇到了千载难逢的机会，就是20世纪反殖民主义运动的兴起和蓬勃发展。这让我的个人成长历程——为殖民地独立做辩护，出生、成长在殖民地地区，很早就开始女权斗争，以及之后参与的妇女解放运动和我的政治活动——与世界发展史有了一个完美交汇。这个好运气一直伴随着我，像之前提到过的参与罗素法庭审判，并为此前往越南、美国、斯堪的纳维亚等地。[1]同年，以国际观察员身份赴希腊参加知识分子暴动案的诉讼审理，该暴动被当时的上校们称作“教授恐怖事件”。

不久后，我同样以观察员身份去布尔戈斯参加巴斯克革命诉讼案审理，然后被弗朗哥驱逐出西班牙。

几年后，我又参加了《343宣言》起草、博比尼诉讼等女权运动……

纵观我的一生，可以说，从未有过谨小慎微和屈从认命的时候。

1　见第2章。

14

纯洁的女权主义者

1967年，在弗朗索瓦·密特朗和妇女民主运动组织创始人（该组织未来主席）玛丽-特雷斯·埃克姆的频频邀请下，以及在我的固有好奇心的驱使下，我正式走入了政治竞技场。首先是代表共和制度大会党参加了巴黎（15区）的议会选举，当时有人讥讽该党派是“密特朗亲友团”。我的竞选宣传没有财团做后援，有的只是知识界名人的支持，所以宣传运动开展得很自由且别开生面，并得到了新闻界和很多之前参加过我组织的女权运动的女性的关注，所以这是完全符合共和制度最纯粹的宣传运动。

由于根本没有机会击败右翼候选人，一位信奉戴高乐主义的部长仍然在任，我毫无悬念地落选了，只是提升了左翼的选票数。

1978年，我带领“选择”协会参加了纯女权议会选举。在判定所有党派不是对女权运动一无所知就是知之甚少之后，我们推荐了“100名妇女代表”[1]参加选举。那真是一段美妙的回忆，令人难以忘怀：会议室高朋满座，新手候选人（很多都是第一次在公众场合发言）感人至深的演讲，以及外国媒体给予的特别肯定和赞扬。

1　Cf.《昙花一现》，伽俐玛出版社，1995年版。

在选举宣传过程中，我们发表了《妇女共同纲领》，内容基本上都是女权运动未来斗争的具体方案[1]，这让这个小众的选举宣传运动有了很强的凝聚力。当时的情景，如今回想起来仍历历在目，真可以说是万众一心，众志成城。我们由此创造了一种选举“类型”，其特点概括起来就是新颖、独特。

被右派攻击（在堕胎合法化、妇女解放方面有争议）、受左派排挤（他们的领导者认为我们将他们置于危险境地），我们女权主义者其实是孤立无援的。

虽然，我们的竞选以失败告终了，但我们也因此得到了很多。[2]证明我们敢于带动妇女们，也敢于回击其他党派的冷漠，惩罚他们对妇女失业的无视。女权主义者已经树起了自己的旗帜，并开始向世人发声。专业的政界人士任何时候都不会忘记他们经历过的失败。

我们拒绝屈服和沉默。

我最后想要告诉大家：不能就此罢手，要继续我们的事业，虽然只占半边天，在国民议会选

1 《妇女共同纲领》。

2 “选择”协会的平均得票率是1.45%。而我个人是5%，正好达到规定线，可以帮我偿还贷款和支付相关费用。

举中不占任何优势。[1]

1981年，出现了一个意识形态模糊，甚至有时前后矛盾的左翼党派，人们称为“可能的社会主义”，弗朗索瓦·密特朗是他们的头领。我当时是议会选举的候选人，确切地说是一个具有双重身份的候选人，既是“选择”协会主席，又受社会党支持。

此时的局面与之前大不相同了：一个政党、一些候选人、伊泽尔（我被空投在这个选区），一个大部分由“选择”协会女权主义者构成的团队，海报、口号、集会游行等宣传手段，着重凸显女权主义一直负有的政治责任。这一切都是在当时（社会党的）粉红浪潮的强力助推下进行的。

于是，我成功成为国民议会众议员，至此正式走上了政治舞台。

鉴于20世纪七八十年代女权主义的状况，我有了新的设想，将女权主义与政治联系起来。因为二者的关系一直不是很和谐。妇女们要求参与政治的想法也不是始终如一、坚定不移的。女权运动也常常忽略民主政治的重要性，或者与其保持着似有似无、时好时坏的不稳定关系。所以，

1　吉赛尔·哈利米于1978年4月8日的《世界报》《放大镜》上发表该言论。

我在政治上的积极主动（参与议会选举、在报刊上发表纯政治主题的文章、支持某些政党党首等行为）也招致了女权组织的批判和谴责。

这相当于触犯了原罪，因为某些女权主义者认为，我是在向男权靠拢，是与男性政权串通、沆瀣一气的。

通常，女权主义者对加入政治党派的女性是持批判态度的，认为她们贪图权力。例如，在我参加1981年议会选举过程中，波伏瓦和一些有名的女权主义者就拒绝加入我的支持委员会。1978年，“100名妇女代表”的推荐，已表明我们对政权并不感兴趣。还有，经过了1968年的“五月风暴”之后，参与政治的女性已经不把议会看成权力机构了。因为当时议会已经解散，不可能这么快就重新召开国民大会，重设这个所谓的男权圣堂。

我们知道，除特殊情况外，西蒙娜·波伏瓦几乎不参与选举投票。据她自己说，只在50年代初投过一次票（不知道是不是她的第一次投票）。“至于萨特，按他的原则也是不会参与投票的，因为他一直反对议会选举。”她这样补充道。也是公开表明她对这个“选举抵制者”的支持。[1]

---

1 施瓦策尔，《今天的西蒙娜·波伏瓦》，法国水星出版社，1983年版。

博比尼诉讼案之后，“选择”协会要求废除禁止堕胎法，并提议投票通过新的法律。但是，我前面提到过，我们的协会主席西蒙娜·波伏瓦拒绝加入赴国民大会代表团。该代表团（由诺贝尔医学奖获得者雅克·莫里德教授、“多明我会”教父洛克普罗、米歇尔·舍瓦利耶和我四人组成）的主要任务就是让议员们知道通过此项立法的必要性和紧迫性。

女权主义与政治权力的关系史让我们认清了两个事实。一个事实是，不让妇女参与政治决策，当然，随着时代的变迁，因势利导，也有妇女参与决策的，只是所占比例很小。[1]

因此，即使妇女在1944年拥有了选举权，原则上是真正的公民了，也很少能够参与行使政权，很少进入权力机构（议会、国民大会、市政会议……）。政治权力都是男人在行使和把持，妇女们也曾试图通过其他非正常途径获取政治权力，且均以失败告终。从某种意义上来讲，具有选举权本身就证明了妇女们已经拥有完整的公民身份了，无需女权主义者们再做过多要求了。

社会意识形态已经将男人独占政治权力视为“理所当然”，以至于1848年法国宪法取消男

1　多次统计结果显示，女性候选人很难达到与男性同等的入选率。

性选民纳税规定，被视为法国“普选制”开始的标志，并载入史册。然而只有男性——且仅有男性——可以参加选举。按照男性世界的思维，以他们的视角，就自认为这是普选了。

另一个事实是，女权主义者们拒绝在她们的女权斗争中掺杂任何政治手段。这是否是她们对禁止女性参与政权（在这一点上，左派和右派意见是一致的）的一种回击呢？然而，是否因为试图回击，女性就该放弃争取民主政治中的男女平等、女性完整公民身份的获取，以及权力和责任的平等享有权呢？

事实上，最近这几年，也就是经历了1968年“五月风暴”后的女权主义，与政治之间确实存在着“鸿沟”。在女权主义者看来，“政权”是由男性掌握用来压迫女性的工具，所以它带给女性的往往是恐惧。它也是社会弊端和不公正的后台支撑，是统治工具。

只要“政权”存在，它的统治职能就存在，那么它统治谁、统治什么呢？可能是一个社会阶层，一个性别群体，一些少数群体。总之，男人们互相勾结，为了满足他们的权力欲望，实现他们的霸主之梦，势必要独霸政权，玩弄权术。而这些，女权主义者是不会去做的。

这些彻底拒绝参与政治的女权主义者，我称为“纯洁的女权主义者”，她们认为没必要去男人的政权盛宴分那一杯羹，没有意义。她们主张沉浸在自己的精神世界里，不问世事，什么政治事件、选举宣传、议会、议程，甚至法律，在她们看来都是不值一提、毫无意义的。

通过大大小小的女权斗争，成功也好，失败也罢，我总结出这样一个行动策略，灵感来源于美国女权运动，即斗争纲领是随机变化的。通俗来讲就是，男性有他们的世界、他们的体系、他们的政权。我们也要建立一个与其平行的我们的世界、体系和政权，他们有什么变动，我们也随之改变，这样，二者没有多少交汇的机会，也就不太可能发生冲突。以女性少数群体为例，依照这样的斗争纲领，她们不再只代表性自由、恋爱自由，还会有自己特有的政治、经济诉求和规划。

这种以政制政的做法可以让女权主义者真正做到自成一体，可以让女性重塑自我，成为自己行动的主体、自己主张的发言人，实现独立自主，从而自觉投身于反压迫的民主运动。

然而，这种女权主义，因其与政界的隔绝，会妨碍女性介入政权。有错误就得承认，因为某些时候，自我批评尽管很痛苦（勒内·夏尔说过："清醒是最接近阳光的伤口。"），却是为了更大的进步。

"人只要走上了社会，就有了政治属性。"女权主义的这种全新判断赋予了传统政治新的内涵。

于是，她们开始公开游行，参与政权，解放思想，激发想象，运用创意思维、幽默诙谐的标语口号[1]向政党和议会表达她们的诉求。

如果没有博比尼诉讼案对禁止堕胎法发起的控诉和《343宣言》的助推，如果没有妇女们不断走上街头奔走疾呼，妇女堕胎自由权（1975年1月17日投票通过该项法令）还能被提交国民议会讨论，并因此让整个法国社会为之震撼吗？或许只是被讨论一下而已吧！

而埃克斯诉讼案（1928年）之于强奸立法为罪的斗争也是同样的因果关系。

“选择”协会发起并承接了这个强奸诉讼案。[2]作为辩护律师，我沿用了博比尼案的辩护策略，即把它打成“政治”诉讼案。辩护抓住三点：对涉及的法律条文进行控诉；拒不认罪或者要求酌情减罪；最后，别管法官怎么说，尽可能广泛地求助公众舆论的力量。

1 诸如“男人之于女人就像自行车之于鱼”或者“战士就在你的身边，她就是你的妻子！”（凯旋门的女权游行）以及“男人的一半是女人……”。

2 Cf.《强奸，埃克斯诉讼案》，吉赛尔·哈利米：“立法为罪”，“选择”协会，伽俐玛出版社，1978年版。

公众舆论是很有必要引入的。因为除个别情况外，还涉及一个社会问题，就是性暴力问题，这个从远古时代就沿袭下来的、男人视作特权的父权制的产物，对女性的伤害是普遍且长期的。

“选择”协会就此起草了一项法律草案，提交政府审议，最终，形成了法律条文。[1]这条法律明确了一项原则：强奸有罪，是最严重的侵害妇女行为。而只有枪击案受害人有权决定审讯过程是否允许旁听（看哪种情况对受害人自我表述更有利）。像“选择”协会这样的协会组织，都可以以（民事）申诉人身份出庭。这显然是一个毋庸置疑的进步。

在国际方面，联合国也将妇女权利问题提上了议事日程。有关此问题的公约——其中最著名的《消除妇女歧视公约》[2]解决方案——在国际研讨会上大量出现。至此，尽管内心不认可，我们也必须得承认：政治成了法国女权主义的一个重要维度。

1　1980年12月23日，法律提案得到我们求助的女性权利部部长莫妮卡·佩尔蒂埃的捍卫。

2　该公约规定禁止任何形式的歧视妇女行为，1979年，纽约。1983年我获批（应我的请求）进入国民议会（成为众议员）。

15

从政生涯

1981年6月入选国民议会众议员后，我决心继续战斗，将女权主义与政治的结合运用到实际斗争中。[1]

头一天走进波旁宫半圆会场的那一刹那，我就被眼前的一切震惊到了，左右两边的座席上坐的几乎全是男性。[2]三三两两的女性散落其间，其彩色服饰仿佛几艘小船摇晃在一片黑白色男性西服组成的汪洋大海上。当我想到我一个来自马格里布的女人，即将参与共和国法律的制定，自豪感便油然而生，但同时也感到了某种不安。会场席位分布（1981年，女议员28名，占比5.7%）揭穿了共和国的谎言，民主政治中的男女平等去哪儿了？所谓的男女平等参与政权只是一个圈套。从那天起，也就是从进入国民议会的第一天开始，我就暗下决心，一定要带头打破这种不平等。

于是便出现了著名的议会席位性别配额制。说它著名，首先是因为它开创了此类制度的先河，其次是因为宪法委员会需将其纳入宪法，只是后来又宣布其无效[3]，所以此次行动还是以失败告终了。

我其实对此早有防备，已经尽量避免将修正法案写成《平权法案》了。当中明确规定：“同一性别候选人所占名额不得超过75%。”[4]这个限额可以说对男女候选人都是有利

1　三次议会选举候选人，两次承担联合国赋予的国际任务，联合国教科文组织（我很快就将外部事务部的官方文件上我的所有头衔都加上了女性标志）的法国常驻代表。

2　Cf.《昙花一现》。

3　1982年11月18日182—146号决议。

4　选举法第L260条修正案。

的。可是结果怎样呢？尽管两次国民大会几乎一致同意通过我提议的修正案，在那个歧视女性的年代，全由男性和极右保守派组成的宪法委员会玩了个自主诉讼的把戏，说我于1982年7月26日提出的法案是在分化选民及候选人，严重违反了宪法、人权及公民权宣言。然而，妇女们既没有拉帮也没有结伙，她们永远是被组织、被支配，在派系夹缝中求生存的那部分人。

而且，弗朗索瓦·密特朗也是反对这项法律的。他甚至直接跟我表达过他的不满情绪（内政部长加斯东·德菲尔深知他的不满，因此积极执行总统秘密下达给他的指令）。在一次讨论中，这位共和国总统甚至威胁我，说他会亲自主持宪法委员会，来取消这项法律。因为按照宪法规定，他是有这个权力的。

性别配额制的争取就此宣告失败。各级男性掌权者们都长出了一口气。我本以为会得到强有力的支持，因为从哲学的角度来讲，目前的配额是非常不合理的。不过，这也算打开了一个缺口，小的配额会慢慢变大，会逐渐符合我们国家人口结构的现实分布情况：一半以上的人口是女性。因此，妇女参与政权是合理且公正的表现。

我坚持拒绝参加社会党，因为作为一个女权主义者，自由是永远排在第一位的，但是社会党党首是不会听我这一套的，他要求所有社会党议员都要无条件地遵守社会党纪律。这在我看来过于严苛和强势了。我周围人常常开玩笑说我是国民代表大会中的一个神奇的存在，明为社会党成员，实际上早就加入了另一个（皮埃尔·若克斯为党首）党派。但是，我还是愿意与社会党保持这种名义上的关系，为的是在一些问题的处理上能有些不同于他人的自主权，却也因此给了对手诋毁我（彻头彻尾的女权分子、左派叛徒、叛乱分子，等等）的理由。

我在选举过程中的发言很少能起到拉票的作用，因为我只被允许做两个报告，且报告内容无关痛痒。

于是我（借着一次做有关庭审事故报告的机会）修改了律师誓言[1]，去掉了当中带有对权力机构和社会世俗趋炎附势、卑躬屈膝色彩的语句。修改后的誓言是这样的：

"我谨以一个律师的名义宣誓，我一定会在进行辩护、提供意见咨询过程中做到有尊严、有良知、独立、仁慈。"[2]这几个形容词就是我对一个律师该有的从业态度的概括。

让我彻底失望的是出现在国民大会会场中我桌子上的一张字条。当时会场正处于激烈辩论状态，右派议员用弗朗索瓦·密特朗的过去（支持过维希政府）来攻击左派。我觉得有必要为左派解释一下，便举手准备发言。这时，庶务人员将一张字条放在了我的面前，我扫了一眼，上面写着"不要再无理取闹了！"，落款是若克斯。

仔细想想，"无理取闹"应该是女性的"特质"，因此这句话分明是在针对女性，在攻击女性。我为之斗争

1 "我宣誓我一定会在进行辩护、提供意见咨询过程中做到不持有或不公开发表违反法律、法规、社会道德或危害国家安全、社会安定的言论，并始终秉承尊重法庭和国家权力机构的原则。"1920年6月20号令。

2 这是1982年6月15日颁布的。1990年12月31日，法律又加了"廉洁"这一顺应时代需要的条款。

的女性事业走到今天，却落得个孤立无援、没有立足之地的下场，既没有左派的支持，又明显遭到右派的嘲笑（“国民大会的扎琪-伊泽尔”）。我自认为，就像人们常说的那样，候选人身份给我带来的不是束缚，而是更多的自由，帮助我成功做到了让外界更清楚地听到我的声音。

我把选区交托给了我的候补者，就此永远告别了伊泽尔。

在我做议员期间，先后撰写和递交了十几个有关提高妇女权益，改善妇女生活的法律提案。在此之前，我提交的将自愿流产医疗费用纳入社会保障的法律提案，已被社会党以及政府——经过审议——接受并提请立法了。我还建议禁止对被强奸的受害人做品行调查，禁止青少年读物中有任何煽动性别歧视属性的文章。最后提议妇女有将姓氏传给后代子孙的权利，设立妇女生活保证金，以及前面提过的父母轮流休带薪产假的法律提案。[1]

可惜没有一项提案被纳入国民大会议事日程，当然也就没有经过讨论决议了。社会党当时是执政党，完全有权决定，可它却宁愿将“选择”协会提交的一些提案移交给妇女权利部，以此为政府和弗朗索瓦·密特朗博

1　这些提案递交国民大会的编号是1113，2022到2298。国民大会第七届议会。

取一个热衷女权事业的美名。就这样，经过一番揉搓、修改、补充，这些提案才得以以议案的形式递交给国民大会。

一套例行程序走下来，在行政机关、政府部门的修改与调整下，提案的初衷——代表的民意早已被消磨殆尽了。

那么，我们是否能据此下定论，认为女权主义与政治的结合就是不可取的呢？

首先，今非昔比，未来可期。

25年以来，我一直认为所有政党在妇女事业上都是无作为的。只是，左派对女性的鄙视是否与右派相同呢？对比二者之后发现，他们都是一丘之貉，毕竟都形成于同一社会制度下，无一例外地受到父权制的浸染。

但是，不同政党之间的差别还是存在的。

右派不太崇尚平等，本质上较保守，所以妇女解放斗争与他们一贯坚持的原则是背道而驰的。因此，即使一些社会习俗有了改变（1968年“五月风暴”后，妇女可以进入职场，得以真正融入欧洲社会……），即使妇女的某些权益得到了承认，越来越自由的社会经济仍然会给她们设限。如果右派经济是靠非全日制工作（兼职工作）支撑，且他们不建幼儿园，削减女性退休金，也不真正采取措施消灭职场性别歧视，那么下达这个决定——承认妇女有工作权，又有什么用呢？何况，右派还一直遵循利益最大化的经济发展原则呢！

而左派，虽然也鄙视女性，对女性事业漠不关心，但是受他们信守的意识形态的影响，至少纲领中还是崇尚和谐一致的。

平等、消除个体间的歧视是他们的基本原则。他们认为，无论是黑种人还是白种人，移民者还是本国居民，男人还是女人，他们都是平等的。显然，为妇女争取平等与他们坚持的原则是一致的。他们尤为关注社会底层妇女，会优先考虑她们的利益。例如，在赋予女性职场平等权、自愿流产权（由社会保障报销医疗费）的工作中，尽管不太情愿（因为父权制的根深蒂固），左派政党还是勉为其难，贡献了它的微薄之力。所以，左派的表面功夫做得还是很到位的，尤其是极左派，很难让人找到他们反对女权的把柄。相比之下，右派体制下，女权斗争可能会更艰难。但是有一种情况例外，就是女性要求平等参与政权的时候，因为一旦涉及政权，就触及了他们共同的命门——

他们自认为的专属男性的领域不容触碰，这时候，他们对女权主义的态度就会出奇地一致，都是一样的抵制、拒绝。

事实胜于雄辩。瓦勒里·吉斯卡尔·德斯坦总统当政时，任雅克·希拉克内阁卫生部部长的西蒙娜·韦伊提请通过堕胎合法法律提案时，执政的就是右派。

结果如何呢？经过国民大会的激烈讨论，一顿唇枪舌剑之后，选票发生了逆转：大部分右派议员给本派的提案投了反对票，而左派议员却投了赞成票，同意通过对立政党执政政府的法律提案。[1]未能得到两派一致支持，只得到多数支持票是没有用的，因此该提案最终未能通过。

同样，右派政府提出的赋予妇女自主选择生育权利的改革提案，作为反对党的左派也表示同意。

但是，我们还是要提高警惕，不能因此就认为左派是完全支持女权主义的……

1　第一轮投票，左派有62.6%投赞成票。第二轮投票是在1974年12月20日，有277票赞成，182票反对。执政党派（法兰西联盟、独立共和党中的改革派和中间派）只有三分之一投赞成票。对立党派（社会党左派激进分子）除了为数不多的几张反对票，其他一致表示赞成。

16

专制政权下，首位女性总理无所作为

“但是，我该怎么安排您呢？我想了很久，我真的不知道……”弗朗索瓦·密特朗会见我时，微笑着这样说。我曾不止一次写信给这位共和国总统。“您的所有信件，我都看了，写得很好，只是……”他手里拿着其中一封信对我说，“我该安排您做点什么呢？”他做出一副为难的样子，“派您去做新德里大使可好？”

我早就受够做国民议会唯一的二等议员了，我需要“重拾自我，所以我辞职不干了……”这也是我写给他的最后一封信的结尾，有些荒唐可笑。

因为按当时的情况，辞职是不可能的。当时的法国正处于重要的转折期，一向亲右的国民阵线处于上升期，所谓的自由派系正在伺机反对政府，所以发起新的议员选举会让社会党失去议会席位，这个责任我可承担不起。

“那我就把一个国家银行交给您管理吧。”我听了耸了耸肩，知道总统是在开玩笑。他的言语有时略显轻浮：“看您这消瘦的脸庞，倒是很符合您的气质……”看到我有些生气了，他便突然大笑说：“您看，我惹恼您了……”而且，弗朗索瓦·密特朗对女权问题一向是漠不关心的，对女性说话时总是摆出一副老先生的面孔。在他的身上总是能看到萨卡·圭特瑞[1]的影子。但是他凭借超强的政治头脑总是能缓解由此引发的尴尬。

抛开我的个人前途不谈，单就“我该怎么安排您呢？”这句话的政治内涵就足以让我震惊。凭经验判断，我这是在用手指捅天，触碰到了国家元首的至高权力。总统可以随心所欲地任命、罢黜，再任命别的级别的官员，这不就是他的至高无上的权力吗！也是直接或间接的专制行为，是有宪法保护的独断专行。

而这种绝对权力给妇女事业带来的可能不是进步，而是误入歧途。

我们要尽力消除这些误解，避免走上错误的道路。那么，女权主义者真正想要的又是什么呢？

我们最首要的任务就是向世人证明，以前只有男人才能承担的职责（出于某些歧视女性独裁者的授意，或传统使然），女人也同样有能力承担。她们的能力并不比男人差。任何技能、优点都不会专属于某个性别——男性或女性——所以不能说只有男性才有能力承担政治责任，哪怕是最上层的男性。

那么，我们的独裁者想要的又是什么呢？古往今来都一样，他们最在意的就是他们的声誉，

1 俄罗斯导演、演员。

确切地说就是希望有一种政治制度能够帮助他们博取民心，因此才有了民意测验。所以，妇女事业的发展，基本影响不到他们的暗箱操作，只不过能让他们台面上的操作更有节制一些罢了。事实上，我一直不大相信那些一直统治压迫我们的人会真心支持女权事业。当然也有例外，1974年到1981年间，时任法国总统的瓦勒里·吉斯卡尔·德斯坦，希望带领法国像欧洲其他国家一样摆脱腐朽，走向现代。而他深知妇女事业的全面进步是实现这一转变不可或缺的组成部分。从1974年开始，他出台了一系列促进法典翻新的法律条令。这些法律条令都是进步的，因为它惠及整个社会，当然也包括女权主义者，因为一些法律是专门用来保障妇女权利和自由的。[1]

弗朗索瓦·密特朗是一个政坛高手。他不喜欢女权主义，但是表面关注妇女事业会给他带来他想要的声望和名誉，有助于展示他思想开明、走在时代前沿的君主形象，尤其是正处于这样一个历史转折时刻：政权交替，他让左派掌握了政权，从而结束了长期以来都是右派

1 比如离婚需夫妻双方同意，小学和中学实行男女混合制（哈比法），禁止在任何公共职能部门和招聘中搞性别歧视，创立女性事务秘书处。

独揽大权的政治局面。

在他任期的这14年里，历届内阁部长、国务秘书中女性人数一直都在5到8个之间徘徊。

1981年，他首次任命了一位女国务部长（妮科尔·凯斯迪奥）。这让那些见习女部长们看到了希望，有了继续前进的勇气。虽然略显笨拙，但是公众舆论对她们还是很包容的，并对她们的这种坚忍不拔的精神表示了肯定。当然这些肯定当中难免会有来自保守分子的嘲讽，但整体来讲都是积极正面的：包含了公众想改变的欲望、好奇和对新事物的向往（尤其是年轻人），以及单纯改变当前政治体制及其参与者的想法。可见，女权主义者要求更多地参与国家政权的行为，事实上已经深得人心了。因此，这是女权运动在思想领域的一次胜利。

但是是否能真正付诸行动，还要看君主们的脸色，弗朗索瓦·密特朗、雅克·希拉克（以及当时那些被免职，随即又被任命的总理的女下属们）、尼古拉·萨科齐……而我们又如何做到准确地察言观色呢？我认为，开展女性事业并不是为了发起女权运动，而是应“现代化”的需要，顺应时代发展潮流，因此会得到更多人的响应和支持。

而西班牙从独裁统治者弗朗哥到“马德里新潮派”的一系列做法，却让人叹为观止。按照宗教规定，他们不被允许通宵、离婚、裸体、同性

191 恋……总之，从教皇到佩德罗，上层政权和政府都极为女权化。

事实上，在法国，数百年来，活跃在政坛上的男性们一直都是抵制女性参与政权的。只是碍于情理，以及出于概率学考虑，怎么也需要几个女性做陪衬和点缀。还有就是女权主义已经在某种程度上获得了公众舆论的支持，而君主们也已经对此有所警觉。

于是，弗朗索瓦·密特朗想放个大招，但又怕给后世留下什么不好的名声，于是他便打出了“革新”这张牌。法国第一位女总理就这样应运而生了。当时对她的任命引起了不小的轰动，这也正是我们的这位总统想要的效果。

埃迪特·克勒松，密特朗的亲信，在各个岗位上表现出了杰出的才能和毅力，因此是领导政府的最合适人选。至此，政界高层的大门终于不再只向男性敞开了，女人也可以走进马提翁大厦成为它的主人了，这是女权主义的胜利。

然而，我们的女总理并不是女权主义者，这是她最大的缺陷。在我与她的几次交谈、讨论中，她都是以密特朗主义忠实捍卫者的身份在说话。然而她应该知道她之所以能坐上这个位置，是女权主义进步带动民众思想成熟的结果。换句话说，她的成功得益于女权主义者极其艰苦卓绝的斗争，得益于千千万万奋斗在各行各业的广大妇女，是她们的付出和努力促成了我们迈向平等这一大步。

我们当中有几个人还期待她就职后能对女权主义的这些功绩有所提及。我听了她于1991年5月22日在国民大会上的关于国家发展方针政策总部署的讲话，完全就是一个总理职能汇总表，没什么新意，显然是在应付差事。

我一直期待着她的政府报告中能有某句话或某几个词，用来表明她是广大妇女中的一员，与女权主义者有着共同的目标。在她拥有了法国第一位女总理这份殊荣的同时，是否应该掂量一下她还肩负着怎样的特殊使命呢？她是否需要怀有一份感恩之心，对这个国家的所有女性的感恩？她至少应该说一句她为她们感到骄傲吧……

然而，我什么也没有等到。

虽然从一开始她的自由就是有限的，但她还是可以且应该说这些话的，因为这也不算什么胆大妄为的举动，也不会影响到她的政治前途。然而她没有，结果却仍然难逃岌岌可危的政治命运，她上任没多久就遭到来自社会各方势力——她社会党的同仁、敌对势力、媒体——的猛烈攻击。厌女主义者们又露出了他们的本来面目，且表达得很露骨。所以，不到一年[1]，她就被迫辞职了，总理生涯就此结束。

由于自身是女性的缘故，她很关注女性命运，因此不自觉地成了女权主义的先驱。“我也曾因为是女人而遭受过人身攻击。”她曾这样对我们说。[2]

她给我们讲述了她做女性掌权者这几个月，成了下层人民攻击的目标，无数人向她泼脏水、诋毁她。相信她能从中吸取教训，明白“我们不是生来就是女权主义者，而是后天成为的”。

1 埃迪特·克勒松总理任职期是1991年5月到1992年4月。前任是米歇尔·罗卡尔，下一任是皮埃尔·贝雷戈瓦。

2 埃迪特·克勒松的听证会是在我主持的男女平等监督政治委员会进行的。见吉赛尔·哈利米,《男女政治平等：男女政治平等委员会报告》，法国文献出版社；以及埃迪特·克勒松,《法国历史》，岩石出版社，2006年版。

17

从艾梅·塞泽尔到男女平等

“有两种自我毁灭的方式。一种是孤芳自赏，封闭在自己的世界里，不与外界交流；另一种是随波逐流，因从众而丧失自我。”艾梅·塞泽尔的这句话仿佛在提醒我们，在要求平等的同时不要落入（共和国）普遍主义的陷阱，谨防被其同化吞噬。

我引用他这句话的时候，各大媒体正在报道他的死讯。[1]但我知道他会永远活在我的心中，尤其是1972年傍晚在事务所与他的那次会面，我永远都不会忘记。

我当时正在为“选择”协会准备提交的“取消禁止自由流产法律提案”寻找合法性，以便取得左翼政党的支持，所以我需要一些选民代表的签名。获得签名的数量有限，但还是造成了一定声势。首先是因为签名者的多样性，可以说遍布各个领域、各个阶层：路易·瓦隆，曾是戴高乐将军的亲信；大卫·鲁塞，抵抗运动勇士，首先披露纳粹灭绝营的作家（他们两个都是法国政党众议员）；米歇尔·罗卡尔，统一社会党第一书记（统一社会党是一个左翼小党派，没有过高的要求，只想跟上时代步伐）；最后就是大诗人艾梅·塞泽尔，进步党议员。在会面前，我先打电话给国民大会的秘书处，是他本人给我回的电话。他当时正准备第二天

1　2008年4月17日。

去他任市长的法兰西堡。他在电话中跟我保证他是一定会支持我们的事业的。我简明扼要地向他陈述了博比尼案件的有关情况。“无论发生任何事，我都会站在您这边。”他对我说。

几天后，他再次打电话给我。我告诉他会去国民大会把相关材料和提案原文拿给他看，届时再解答他的疑问。“不，我去找你。”他毫不迟疑地说。

那天，他坐在长沙发的一角，目光炯炯有神，透过厚厚的镜片放出道道光芒。他没有喝我给他匆忙冲制的咖啡。我们聊了近两个小时，从种族主义、阿尔及利亚战争聊到殖民主义。最后他问我：“您是突尼斯人，对吧？安地列斯群岛目前的情况应该跟之前突尼斯的情况差不多，您觉得呢？”

我想跟他聊聊他自己，聊聊他的作品《回乡札记》(*Cahier du retour*)，这部诗集给了我很多智慧启迪，当中的寻根情节，获得真正公民身份后的自豪感，如同汹涌大海上穿透乌云的万缕阳光，驱散了阴霾，照亮了世界。我想告诉他我读过他的戏剧《杜桑·卢维杜尔》(*Toussaint Louverture*)，就在阿尔及利亚战争结束的时候。“这场战争……”我刚说到这就被他打断了：“阿尔及利亚人民，真是一个了不起的民族！”他想让我给他讲讲我亲眼所见的阿尔及利亚的战士们，以及这些大型审判的过程。

我一直试图展开我的话题，但却一直在原地打转，两个人好像一直在自说自话，很奇怪两个声音仿佛分属两个不同的频道，没有任何交汇，他却依旧继续着这种“交谈”。

趁着短暂的停顿，我赶紧把话题拉到博比尼诉讼案和女权主义上。如同念了芝麻开门的咒语一般，我终于可以由此谈到压迫、抗争、公平正义、自主权利，以及禁止流产法了。他听后说：“您的话有道理。施行这样的法律，受伤害的永远是底层妇女。好在我们马提尼克岛的妇女非常团结，可以毫无保留地互助互利。”他自然签署了我的提案，因为他认为“这样不公正的法律就应该从我们的刑法典中剔除”。但是他是否会答应为米歇尔·舍瓦利耶出庭作证呢？“我恐怕那天得在市政府处理一些重要的事情……”他是这样写信回复审判长的。他一直强调，让我相信他，在国民大会以及任何需要他的地方，他都会全力支持我。

分别的时候，他一边紧紧握着我的手，一边说：“您会成功的。您就瞧着吧，我们的胜利就在眼前了。”

孤芳自赏和随波逐流，塞泽尔已经为我们指明，这是妇女在争取民主平等权的道路上容易陷入的两个误区。

在法国，女性可以投票选举，却不会成为入

选者，即使有入选者，也不过寥寥数人。这是女性长期受压迫的结果，也是男女地位严重不平等的显著表现[1]，同时反映出男性一直在抵制女权运动，抑制女性事业的发展。

唯一的解决办法就是争取男女平等。

妇女享有平等参政权，我认为这是男女平等的保障。这种平等不是形式上的男女各占一半，而是哲学普遍意义上的均等，但是这种普遍性与共和国倡导的普遍性又不太一样，于是问题又出现了，分歧又产生了，新一轮的论战又开始了。

我们的对手以普遍性为依托、为武器来反驳我们。她们/他们认为，公民都是一样的身份，不分性别、人种和宗教信仰，因此，只要是公民就好，是男是女没有什么区别。如果硬要用政治职能将他们区分开，那岂不是违背了共和国的中立原则，让法国大革命取得的成果——平等、人权——都付之东流了吗？可是这种中立原则究竟又是怎样的呢？

他们所谓的普遍性只限于男性公民。因为只有男性公民——无论男性、女性都必须承认的身

1 第一次立法议会选举（1946年），女性的入选率是5.1%。1993年是6%。世界女性平均入选率是17%。（数据来源：《国家议会中的女性》，2004年8月31日；各国议会联盟网站。）

份模式——才具备他们要求的那些特点：男性，更准确地说是白人男性（直到1848年奴隶制废除），且拥有资产者（纳税选举制的制定）。就因为这样，哪怕到了1848年“普选制”出炉，女性仍然是被排斥在选举之外的。

这样的平等滋生了伪普遍性，即男性普遍性——法国大革命的产物——这就是塞泽尔所说的致使个体“随波逐流”的大潮，或者是让个体因被排斥而迷失、毁灭的致命因子。而另一个普遍性是涵盖整个人类的普遍性，既非男性也非女性，但同时既是男性也是女性，男女共同构成的世界才可能呈现正常而稳定的社会秩序[1]，才能消除现实民主政治与理想民主政治之间的差距。

在男女平等的问题上，暂且不谈支持者与反对者之间的强烈对抗，单就女权阵营内部已经出现又一次分裂了。因此必须先确保所有女权组织（协会、联盟、工会、政治党派……）都已加入这次平等权的争取。反对者都是政界、文学界人士/名人，也有少数女权主义者。[2]然而，民意测验显示，整个公众舆论都极力赞成这一变革，在这样的背景下，那

1 Cf.雪维安·爱嘉辛斯基，《性别政治：男女平等参权》，塞伊出版社，1998年版。

2 最有代表性的就是伊丽莎白·巴丹德。

些反对者明显是在自绝于人民。尤其是正处于经济危机中的法国，政治运作非常需要新鲜血液的注入。而且国际组织（联合国、欧洲委员会）几年前就开始提倡男女平等参政了。

任何时候，“选择”协会都不会根据男人和女人的天然属性和对其不同的道德规范要求来判断行动的正确与否，但是要强调指出的是，二者有时会同时存在，且贯穿于一个人生命的始终。他们是不同社会因素作用下的产物，就是这些社会因素让社会的两大组成群体——男性群体与女性群体——都以公民的身份存在。而女性参与政权——加入她们作为另一半公民的人生体验——带来的必然是民主政治内容的丰富、品质的提高和管理运营机制的提升，甚至可能是这些方面彻底的改变。一切都是未知，一切皆有可能。是变好还是变坏，或者不变，没有人可以预知，而我们可以确知的是女性平等参与民主政治，在完善了选举制度的同时也提升了参选者的整体素质。

可见，我们要求平等参政的根本目的是整个人类社会的发展进步。

另一点需要澄清的是，女性议员与男性议员的职能是一样的。她们代表的是全法国人民的利益，而不是狭隘的女性利益。因此承担的是维护全法国人民权益的职责。而女性利益是全民利益的一部分，所以消除男女不平等，争取女性平等权益当然也是她们的职责所在，是她们任务的一部分。可以说，女性被选为议员后，会率先将性别问题纳入议会主要议题的讨论范围，主张根据社会经济发展需要来制定选举制度，如果立法的权力和责任落到享有平等参政权的女议员身上，她们一定会珍惜这个机会，好好利用这一职能，力求让法律成为监督民主政治、保障国家主要职能的有效工具，甚至可能会让法国的法律体系有一个突破性的改变。

让法律更好地发挥其维护公正、尊重人权的效能。

18

抗争

女权主义，从内涵到属性，尤其是它要实现的目标，不经过一番顽强抗争是无法实现的。尤其是随着其发展壮大和自身思想体系的逐渐形成，女权主义已经可以很好地解释女性普遍受压迫的原因了：（她们被剥夺的各种自由）是有内在联系的，是环环相扣、相互依存的关系。女权主义者并由此制定了相应的斗争策略。

这一社会运动及支撑它前行的不断更新的理论体系，在20世纪的出现可谓恰到好处，因为它全面推翻了旧秩序，尤其是旧的不合时宜的文化传统。

因为文化会作用于人的行为、思想，以及人与人之间的关系。

歧视女性是典型的守旧主义，继续存在下去会害人害己，妨碍社会进步。因为他们一向认为，女权主义者要求平等的想法和行为会扰乱社会秩序；认为女权主义消除等级划分，消除歧视的主张不过是在平静的水面滑过一个石子（打水漂），无法真正改变社会。

这不过是歧视链“顶层”人士的说法，也暴露出他们的胆怯和担忧。

他们担心女权会破坏掉成就他们高高在上地位的社会秩序，毁灭掉保证他们地位永固的社会制度，当然最终是担心会因此失去他们几千年来享有的各种特权。

但是，20世纪初的工业化形成世界大战后新的社会格局、20世纪初的第一次女权浪潮（浪潮的叫法代表了它的现代性）的推动，都为女权斗争的开展提供了沃土。这让我们看到了，在与偏见、旧传统、旧的政治司法体系做抗争的同时，真正拿起武器的战斗一触即发。

而这场战斗的始作俑者正是那些性别等级划分的受益者，女权运动让他们感到岌岌可危，让他们感觉到了威胁。

还有无处不在的父权制，为了不受它的奴役和压迫，唯一的出路就是抗争。

然而是他们发起了这场或公开或秘密的阻止女性进步、反对女权重要提案的战争，有两个众所周知的例子。

一是反对通过公民身份修正法案。就是我之前提到的要求女性享有平等参政权的法律提案。

反对者中，右派人数不多，而左派一直在搞疲劳战术，企图用繁杂的法律程序消磨掉我们的耐心，迫使我们最终放弃此项提案。

作为男女平等监测研究所（当时的所长是罗斯林·巴舍洛特）政治委员会的报告提请人，我在提请报告里非常明确地表达了修改宪法[1]的要求和决心，这么做除了可以避免立宪大会再投不信任票，也是想让这项平等权能够作为重要的一条基本法（宪法第3条，此条被称为“贵族”条款，和

1　法国文献出版社出版了该报告。

第4条）被写进我们的宪法文本。

他们甚至开始攻击这些条款的措辞，一些同流合污者也出来帮腔。

反对者们联起手来成功删除了宪法第3、4两条新条款中的“均等”[1]一词，于是宪法里便没了“均等”一词，而将其移至1999年7月8日出台的宪法预备案当中。

接下来出台的法律基本都是这个套路。

结果可想而知。[2]女性众议员、参议员的数量至今仍然没有明显增加。[3]在欧盟扩大之前，法国女性议员数量在欧盟国家中排在最后一位。如今，是第18位，在全世界排第58位。

然而，在我们的民主政治体制下，议会仍然是国家权力的象征。它有立法权、对外宣布重大国际行动权（停战、发动战争、签订条约）、接受或否决对政府的不信任案的权力。

可是，它的议员席位中，男性所占比例一直都

---

1 “均等，我不提你的名字……”出自吉赛尔·哈利米，《外交世界》，第546期，1999年9月。

2 总体情况：名单选举中女性入选率——大区选举（2004年，占47.6%），最低一级的市级选举（2001年，占33%）——呈直线上升的趋势。大区和市级行政平等权（2007年1月31日出台法律制度）进步更明显。

3 国民议会选举，2002年6月，71名女性入选，占比12.3%；2007年6月，107名女性入选，占比18.5%。
参议院选举，2008年9月，75名女性入选，占比22%（2004年是56名，占比16.9%）。

是82%。

所以，这次修改宪法运动，不过是雷声大、雨点小，收获甚微。

那么，为什么会失败呢？男女平等参政原则是被谁、通过什么手段，如此轻易地就给捣毁了呢？

议员候选人资格的考察是全方位的，几乎涉及生活的各个方面。而议员们——一直以来绝大部分是男性——更愿意考察候选人的财力情况[1]，即看其为国家财政捐献多少钱来决定。并且一句"不够资格"可以掩盖任何的不平等和不合法。[2]而两轮单名投票制，这个某些人眼中的金科玉律，不过是为女性参加选举又增加了一重障碍而已。

提高女性议员的比例，无疑增加了女性成为候选人的机会。这也正是我的提请报告申请的内容，当中还有候选人不得累积授权、对候选人年龄的限制等方面的规定。

为了避免误解（人们认为我们虽然没有改变名单选举制，但是我们意图将国民议会女性化），我设想了另一个方案。

这个方案就是重新划分选区。我建议将两个

1 以平等名义，各政党捐赠预扣金额：2002年，人民运动联盟候选人占总候选人的19.69%，捐赠金是4262606欧元。社会党占34.60%，捐赠金是1650980欧元。2007年，社会党入选率25.9%，人民运动联盟（获多数票支持）入选率是14.30%。

2 这是市级选举状况，按照他们的说法，这种情况是完全符合平等法的。

选区（事先对其做了实地考察）合并成一个。这一个选区要选出“一对”议员，即一男一女两个议员。这样，一个选区有两个不同性别的人来代表，平等原则便得到了遵守。这可以说是一个一举两得的方案：一方面议员总数仍然可以保持不变，另一方面选区代表更多样化了。

各大政党显然是不会接受这种改变的，于是他们想尽办法予以阻止。他们一向是可以做到让违法行为合法化的，对，就是这么不讲理。既然违法不过是接受经济处罚，那些占绝大多数的反对者都是财力雄厚的党派，他们完全可以做到一边违法，一边交罚金[1]。

统计出来的数据很让人失望，在法国，只有女权主义者渴望平等。在欧洲其他国家，平等机制已经逐步建立和完善。而在法国，没有相关法律支持，也不同意修改宪法，更不表示赞同，哪怕是虚假的表面赞同都没有。处于这样的社会环境中，我们该怎么办？只靠女权运动（在法国更有组织，更团结）与政治党派的谈判（多数时候都是女权组织在说，得不到政党们的回应）或与工会、协会乃至政府的协商吗？要想让整个社会进步，这不过是在蚍蜉撼树。

1　就是前面所说的财政捐赠金。

而北欧的一些国家，像瑞典和挪威，那里的女权主义已经有了长足的发展，并推动女性事业取得了很大的进步。

还有在总是给人带来惊喜的西班牙[1]，女权主义有着与法国女权主义同样的政治诉求，且采用的手段也大致相同。在实际运动中，她们将女权运动与政治运动相结合，要求左翼及极左翼政党更新意识形态，改良行动策略。因为他们之前对妇女解放运动及其参与者都是持仇视态度的。这样的时代应该结束了。

从他们的身上，我看到的是“人与人之间，男人与女人之间那种即时产生的天然且必然的关系”[2]。

那么，平等权的设立是否会改善、提升这种关系呢？这要看这种体制上的变革能否带动社会其他方面的变革，比如家庭平等权的建立。因为丈夫能否分担家务，很大程度上决定了妻子能否全身心投入政治工作。

当然还有政党、工会、大的企事业单位等决

---

1 现行政府（2008年4月）。享受这项平等权的不止一个女性。一个35岁的年轻女性，怀孕期间仍任国防部长。还有何塞-路易斯·罗德里格斯·萨帕特罗（西班牙工人社会党）做首相时期的副首相玛利亚·特雷萨·费尔南德斯·德拉维加。

2 《马克思主义哲学》，第六卷。

策机构之间的平等。[1]走到今天，我们遭遇过强烈抵制，也遭受过破坏，但是尽管艰难，成功是早晚的事，我坚信这一点。我们会从失败（相对的）中吸取教训，不再盲目乐观。

第二个阻止女权主义进步的例子是：反性别歧视法胎死腹中。也就是说，该项法律永远停留在了草案阶段。那么，这项法律的具体内容是什么呢？很简单，就是承认女性的平等地位，保障女性受到应有的尊重。

继1972年反种族主义法律的出台[2]，1975年7月11日出台的法律也反对在招聘或职场中的性别歧视。

爱丽丝·高拉尼[3]曾这样写道："但是，最难的就是，无法将反性别歧视标准化、量化，且这触及了那些根深蒂固地被奉作神旨的社会观念和某些刻板印象：妻子就要服侍丈夫，就得老实在家料理家务，甚至与如今那些烂广告推销的充气娃娃没什么两样……"

---

1 国民议会众议员齐默曼和格列夫两位夫人，成功让国民议会采纳了修改第五共和国宪法的建议，宪法第34条修正案的内容是："保障男女在承担职业领域和社会责任上的平等权。"2008年7月21日宪法改革将其纳入第三条法律条款。

2 反种族法第6条和第7条，1972年7月1日第72546号令。

3 《女性对话》，1988年1月21日，这部作品的主要内容和思想都来自爱丽丝。

于是，女权主义者在西蒙娜・波伏瓦的带领下，仿照反种族主义法律的模式，起草了反性别歧视法律草案。

经过一番复杂的申请流程，从国务秘书处（当时的秘书长是弗朗索瓦兹・吉胡，女性）到众议院，再到参议院，最终还是被参议院驳回了……

1981年，时值政权交替，妇女们又看到了希望。妇女权利部的女部长伊韦特・鲁迪于1983年3月15日向国民议会递交了反性别歧视法提案。[1] 这项提案特别提出要惩处“一种众所周知的、最为根深蒂固的歧视行为：人们内心持有或行为表现出来的男尊女卑，即女性歧视”。

而这项提案，因为密特朗总统的一票否决，根本未被列入国民大会议事日程，当然也就从未能经过大会讨论。社会观念落后、政治保守、媒

1 第31382号提案“关于反性别歧视斗争”及1981年7月29日修改出台的出版自由法。

体迟钝、经济发展迟缓……女权主义的发展处处遭遇掣肘。

新闻界担心政府投它的不信任票，必然为其呐喊助威，广告商们不想只以色情形象（让女人四肢戴着锁链，半裸着站在洗碗机旁，或很程式化地面带幸福表情，站在一堆纸尿裤前）示人，也加入了战斗，且出手毫不留情。还有各种网络媒体加入支持队伍，最终导致了此次女权运动的失败。惩处种族主义、否定主义[1]应该不会损害到言论自由吧。但是，批判、排斥、歧视女性，操纵利用女性，商业化女性确实会对她们造成伤害。我们很清楚这一点。为了能够继续控制、奴役女性，父权制需要女人的身份永远是卑微、低下的。而且，在商言商，尽管他们总是戴着崇尚自由的假面具，面对利益，很难不暴露出其奸商的本来面目。

1 基索法，1990年7月13日。

19

暴力

“选择”协会承接的案子都是我们认为有代表性的，通过这些案件的胜诉，可以让司法领域那些不利于男女平等的法律规定失效，代之以更进步的法律条款，并由此带动新的社会风尚的形成。

这些行为显然是非暴力的，且完全遵循民主政治原则，并对民众有很强的教育意义，结果还是遭到暴力反击。语言暴力、肢体暴力接踵而来，且社会环境一向给他们提供有利条件。

因此，博比尼诉讼案一发生，一些科学家、诺贝尔奖获得者和各界名人一表示公开支持，就让媒体大感兴趣。他们发起了各类辩论、采访、会谈，总之，针对自愿流产的正反两方各抒己见，开始了激烈的正面交锋。

我于是被推到了风口浪尖。先是收到一些斥责我的匿名信，措辞异常愤怒，却还算文明：“妇女们应该敢作敢当，为自己的行为负责，而堕胎是在用无辜的生命为她们的错误买单……”接着，辱骂我是杀害幼小生命的刽子手，是一个只想享受性爱、不愿承担后果的人（“你就是一个只知道享受肉体快乐的畜生！”这是在一次公众大会上，一个愤怒的神甫甩给我的话），且骂声变得越来越凶猛，几近疯狂，说我是一个荡妇，毫无原则，无法无天，正在扰乱社会秩序……

这些书信和留言总是（勇敢地）不署名，后来，开始挖我的历史，在我的出身上做文章。只是我的这些“笔友”们表达相当混乱，一会儿说“你不过是个犹太人，一个肮脏的犹太佬……”，一会儿又说我是“寄居在法国的来自突尼斯的阿拉伯人”。恬不知耻的种族主义者们也趁机出来随声附和，质问我：“你毁了一个阿尔及利亚还不够，现在又出来毁白种人！”此刻，就连恐吓都变正规，以书信形式恐吓了。我收到过一封夹着极右组织“青年民族”徽章的恐吓信，信的大致内容就是通知我他们很快就会来要我的命。

另一个过激分子是一个因叛党被关在监狱里的囚犯，应该是很快就要被释放了，他实名写信给我，说他出来后的第一件事就是来找我：“你所谓的捍卫身体自由是不会得逞的，我一定会杀了你，为我们的国家铲除你这个害群之马。”这我得严肃对待，必须得采取必要的防范措施了，因为信里没有激烈的言辞，也没有虚张声势的谩骂，反而让我觉得这就是他的真实想法，而且他似乎是清楚当时情势的（内政部专门派两名警察保护我），却依然态度冷峻决绝、不容置疑。几天后，我又收到一个包裹，我打开它的时候从容而淡定，因为阿尔及利亚战争期间我曾经收到过两三个类似的包裹，已经有经验和心理准备了。果然，里面是一个小棺材，一个用来吓唬人的玩具棺材。

这种暴力威胁需要高度重视，因为它是测量反对妇女变革势力强度的一把尺子。但是我必须得告诉他们，这不但没有吓倒我（我一直坚信我的阿拉伯祖先会庇佑我的），反而激起了我的斗志：在我的字典里不存在“后退”二字。

放弃或者投降（像面对威胁，怕受波及和牵连的亲朋好友所希望的那样）就意味着向我一直拒绝接受的命运低头。而我是不会认命和低头的。尤其是随着妇女的觉醒、女权队伍的壮大，我越来越感觉我们女权主义者是无比强大且不可战胜的。

接下来发生的事情，大家都看到了。几年后，一些反人工流产组织通过捣毁医疗设备、恐吓病人、威胁医生等手段强力打压那些按照新法律受理流产的医疗中心和私人诊所。虽然后来出台了惩处这些行为的法律[1]，但是实施起来也是避重就轻，敷衍了事。

所以，塞泽尔的说法是有一定道理的。我们取得了自由选择（生育与否）的权利，确实是一个里程碑性的胜利，然而真正实施起来却没那么容易。因此，只是实现了让法律从承认这个基本自由权到允许它存在的一个转变而已。

针对女权主义提出的“我的身体属于我自己”，他们新一轮的暴力行动又开始了。

首先，用实际行动对抗“强奸有罪”的法律规定，强奸合法或/并被判合法的案件不减反增。这是强奸犯与各阶层的政界人士勾结，让法庭和公众舆论认同受害人也有责任。典型的辩护理由就是，强奸的产生是受害人的言行举止引诱的结果。

接着是人身攻击。这个发起攻击的阶层认为，强奸不过是一种行为失当，与挖掘机挖得深了点没什么区别。

1　1993年1月27日出台法律，名为奈尔兹法，首发触犯自由流产法者需接受轻罪处罚的规定。

“马泰奥，如果你因做爱而莫名其妙地成了被告，你会怎么想？”这是埃克斯案件的一个犯罪人写给我的同事马泰奥的字条，在一连收到五张同样的字条后，他在法庭的另一端举起了胳膊以示他的愤怒。

埃克斯诉讼案案件的经过，我们都很清楚。1974年，两个年轻的比利时女游客——安娜和阿拉塞莉，在马赛附近宿营。当晚，她们被三名男子野蛮强暴。她们当时挣扎了几个小时，用木槌、帐篷里的家具、器皿等任何能拿到的东西尽力反抗，但是三名施暴者穷追不舍，终将筋疲力尽的两个女孩强奸。

如此清楚明了的案情，却经过长达四年的诉讼，埃克斯重罪法庭（1978年5月）才最终宣判罪犯有罪。这是此类案件中的典型案例。强奸者仍视受害人（根据警方的第一手笔录，她们浑身是血，沾满精液，需要送到医院进行头部缝合，还有其他多处需要紧急处理的伤口）是自愿的，他们以只是玩玩，找个乐子而已为理由为自己辩护，还说他们这么做不但没给她们造成伤害，还因此将她们引上了“正途”，暗指她们两个是同性恋。他们这么说的目的很明显，用异性性爱将全法庭成员（陪审团、法官、公众、律师）都拉拢到他们一边，让这些同属异性恋正常世界的人们暗自结成联盟。可笑的是他们的这个荒谬的伎俩竟然得逞了，似乎取得了法官和公众的一致认同（默许）。因为重罪法庭并没有指出这一辩护理由很明显有矛盾之处：女同性恋者怎么可能“自愿”与男性发生性行为呢？

可以用任何手段强占女性的身体，还有什么比这更不正常的吗？无论是在战争时期还是和平年代，无论是在假期还是工作中，女人都是男人的战利品，这正常吗？

他们的主辩是惯犯，还是一个（小的）流氓团伙的成员，因此另外两个人以他马首是瞻。

开庭第一天的那个下午，司法宫门前的楼梯上挤满了人，我和我的律师伙伴好不容易才穿过人群，其中大部分是拉着横幅，拿着标语，反对强奸，支持安娜和阿拉塞莉的女游行者，还有三三两两几个警察，但也没怎么见他们维持秩序，态度很消极。

我们刚到大门口就被包围了。一群年轻人（6个）说我们是婊子，是骗子，猛烈地推搡我们，殴打我们。我紧紧抓着装着诉讼材料的公文包，拼命地想挤出人群往前走。结果脸上迎面挨了一下。几乎在同一时间，一个小流氓揪住了我的同伴，要把他拉到一边。我赶紧喊门口的卫兵，他们当时还在距离我们三四米远的地方，另一个袭击者这时抓住了我的胳膊，在我的脸上吐了两口，而警察对此根本就视若无睹。我们最后终于挣脱了他们，跑到了庭审大厅。

半个小时后，在做法庭最终陈述的时候，我重点提到了这次袭击。提醒那些卑鄙的袭击者，收起他们的如意算盘，别想以此阻止我们上庭辩护。“我们一定会坚持到底，绝不退缩，因为这一环节对此案意义重大，会给他们的好兄弟们犯下的罪行定性，让他们得到应有的惩罚。”

法国二台实况报道了当天的情景，曝光了袭击细节。实际上，我被推搡、击打的时候就准备好接受采访了。只是电视台工作人员更有先见之明，当场拍下了这一幕。[1]

在接下来的几周，我接连接到匿名恐吓电话，威胁说要泼我硫酸、强奸我，甚至杀死我。“我们的同伴虽然被关起来了，可我们还在外面。我们一定会让你为此付出代价……”还有一些更无赖的说法：“对于这种事儿，我们就是这么处理，让你的狗屁司法见鬼去吧！”

最可笑的是，某些左派人士指责我们这么做是在意图打压可怜的贫穷者、移民和失业者，是在利用、夸大司法成效来达到我们自己的目的。“看看，这就是你们女权主义的狼子野心。”他们在新闻媒体和宣传单上如是说。

他们将生活条件差的人与强奸犯相提并论，不仅犯了大错，更是极其不公正的，是会造成严重后果的。这说明他们根本搞错了强奸者所属的社会阶层（很多样的，从总经理、大资产阶级到同一楼层的邻居……）和他们大体上的出身情况。这几个操着马赛口音的埃克斯案件的犯罪者，就不止一次地自称是法国本土出生的纯正的法国人。

然而定罪机制还是绕开了我们的批评。

如果一个人撬了别人的保险柜，即使他是居无定所的流浪汉，也一定会被定罪，且不会有人提出异议，因为资产所有者的利益一定要给予保护。然而，同样是这个人强奸了

1　袭击者中一名被判六年有期徒刑，另外两人被判入狱四年。但三人很快就被释放了。

一名妇女，他就可以因为他是穷人而免受处罚。

就让这些凶犯去做他们的美梦去吧！只是他们让我们看到了我们受抵制的疯狂程度，究其根源，仍然是父权制在作祟。

庆幸的是，近几年，这种牵强、生硬的理由已经不太站得住脚了。只是还有一些知名律师拒绝为强奸受害人做辩护。他们说："这是原则问题，我从不为控诉方做辩护。"其实，他们这是混淆了控诉与自我捍卫。这属于自我捍卫，是在帮助妇女摆脱压迫和歧视，让她们敢于发声，敢于向公众呼吁，让大家知晓她们的疾苦，承认强奸有罪，从而重获女性尊严、女性独立，摆脱男性对女性的强行控制、野蛮摧残。我常说，只有动物界才不会将这种野蛮行为视为强奸。[1]

除了被判处的犯罪者，那些妄图挑战法律权威，钻法律空子的人对社会的危害也是巨大的，同样应该给予镇压和制止。在与"那些为了反对强奸立法为罪而不遵守法律者"[2]做斗争的过程中，我找到了另一条司法途径，即强奸案件不再走抵消诉讼程序，而要走抗辩诉讼程序。这条司法途径会在公众中产生重要反响，并成为文明解决该问题的一种有效手段。

---

1 路易斯–安娜·马希尔，Cf.《强奸：一种社会映像》；以及苏珊·格里芬，《强奸：良知力》，纽约，哈珀与罗出版社。

2 这句话来自女权主义者贝尔塔·冯·苏特纳在争取海牙和平报告会（1899年）上的讲话。

20

背叛，晋升，寄生主义

男性政权担心女权主义的发展壮大会动摇他们的统治地位，所以总是将女性进步说成离经叛道，借此阻止女权主义的发展。有时，为了保住他们的地位，他们也会转而假意支持女性变革，借机捣乱、歪曲，诋毁女权运动。总之，“他们的任何改变都是为了阻止改变”。

但是，这种操作如果没有得力内应也是不会成功的。这个内应就是那些（或许很多）受压迫女性中的媚高踩低的攀附权势者。她们为什么会成为内应，理由很明显：为了（即刻）拥有更好的未来，急于巴结当权者，一句话，就是为了上位。（“是的，但是这些机会主义者的最终结局又是什么样的呢？”哲学家阿兰对此提出疑问。）

曾经有一段时间，我叫这些人“女哈基斯”。因为她们让我想起在阿尔及利亚战争期间，有一部分阿尔及利亚军人甘心做法军的走狗，帮助法军打自己国家的民族主义者兄弟，当时人们称为“哈基斯”。与我们的女内应、女同谋者非常相似。

这种对女权主义的歪曲，也经历了一个复杂的过程，其产生、壮大都是在一个特殊的社会政治背景下。也就是在反殖民主义历史时期，利用女权主义的反殖民主义斗争，歪曲它的首要目标是争取殖民地的独立，驱逐所有殖民统治者，而不是本该有的争取女性平等和女性自由。这导致了在这个本该男女平等的社会里，男人表面上被剥夺了特权，实际上仍然是压迫妇女、伤害妇女的统治者。

女权主义，虽说在争取人权方面与其他革命有着密不可分的关系，但从其本质——不止策略——上看，它又是不同于其他革命的，所以只能自我构建，独立成长，因此，前方道路狭窄且艰辛。

所以，成长过程中难免会有迷茫混沌、妥协退让，甚至停滞不前的时候。

如果有这样一个年轻女人，她长相端庄，口齿伶俐，又有文化修养，最好是来自其他种族，或者是深肤色人种，如果她摆出条件：职位、权力、金钱，当权者马上就会变得开明（思想上和政治上），一口答应，也会愿意为其堵上性别歧视和种族歧视的悠悠众口。

为了获取一定的信赖，他们往往会从这些女性内应、同谋的基本要求入手。

因为女性普遍希望看到同伴获得权力，这种默默的支持、盲目的期待是为了什么呢？可能是为了自己的生活，也可能是给自己找个榜样，或者是为了司法公正……总之，这是这些被压迫者心中的希望火种。她们说这些女性让她们看到了不一样的人生，让她们莫名地觉得无比自豪。这一史无前例的跨越性改变为我们女性打开了另一扇大门，谁能想到，舆论调查显示，女性群体在这个问题上，意见竟然出奇地一致。

这种团结一致就这么悄悄结成了，没有清楚严明的制度，甚至没有什么动机，只是出于人性本能最自然、最直接的需要。一个女人能从男人长期把持的政权领域分得一杯羹，是多么难能可贵的事啊。何况还会带来一种反传统和复仇的快感。

然而，这些内应、同谋女性们又经历了什么呢？无论她之前做过什么，包括她偶尔的背叛，都可以被抹掉。她们的竞选纲领基本没人翻阅。因为她们现在的身份就是女性楷模，毋庸置疑。而且，这些不择手段向上爬的人，背后都有智囊团给她们出谋划策，告诉她们对什么人该讲什么话。对妇女就要讲百年来那些女性成功上位的故事；对决策者就要告诉他们如何迎合民意、借助（女权）运动的东风谋取自身利益。

最后是对媒体投其所好，讲一个传奇励志故事。一个女人如何从籍籍无名到如今摇身一变成为部长、国家元首的，这是一个现代版灰姑娘变公主的故事。所以，其他人又有什么理由不效仿、不羡慕呢？

然而，这些上位后的女政客们通常都有两副面孔。

我想到了这样一位年轻女性，黑人、学界精英、曾任美国国务卿[1]（职位相当于欧洲国家的外交部部长）的康多莉扎·赖斯。

她的成功体现的是女权主义与黑人争取平等公民权的双重进步，是对现行社会制度、政治体系的一次强大冲击：说明一些社会壁垒是可以攻克或绕过的，一些问题因此也不需要再问了。例如，康多莉扎对贫困者享有医疗保险的看法（因为我们已经知道她是反对的）和她对死刑设置的看法（因为我们也知道她是完全同意继续保留的）。美国黑人群体里的死刑犯数量是不是最多？还有她对自愿流产权（持反对意见）、女性平等参政权（无视）以及

1　在她之前玛德莱娜担任过这个职务。

其他女权斗争的态度又是怎样的呢?

作为昨日的黑人奴隶、今日最大弱势群体的一员，她是否会支持黑人争取公民权利的斗争呢?

作为女人，她又能否在服务明显持歧视女性态度的布什政府的同时，促进女性同胞事业的发展呢?这个问题这么说似乎有些空泛。具体来讲就是女性总是希望这些女性代表有一天可以与所有女性同心一体，采取一些卓有成效的行动，助力女性的平等、解放事业。血浓于水，作为同一种族、同一性别的她们终有一天会明白这一点的。

所以，在两位女性，塞格林·罗雅尔和希拉里·克林顿参选总统期间，全世界的女权主义者都放下手头事务，全力支持她们参选。西方世界首次有女性参选总统，且呼声又极高，这在女权史上具有里程碑意义。对于塞格林·罗雅尔来讲，选举成功就意味着掌握了法国大革命取得的至高权力，意味着成为世界上最强大国家——法兰西第二共和国的政治领袖。

我没有细看她们各自的竞选纲领，因为与对手、反对者的理由——她终归是女人——相比，纲领内容显得无足轻重。且对手的误导让公众越走越远，以至最后认为，如果她们成功当选，就是承认女性胜过男性，让国家按照女性意志发展，岂不是会导致国家阴盛阳衰?

无论女参选者犯了什么样的错误，无论她多么不正常，比如塞格林·罗雅尔的神秘主义，无论她犯下多少政治错误，包括语言的不规范，我们都不必计较，应完全原谅。对于希拉里·克林顿惹人争议的人生经历也是如此，不计较，完全原谅。忘记她的律师生涯，她在沃尔玛公司[1]董事的职位，忽略她在对外政策（伊拉克、中东）[2]上的摇摆不定。

人们唯一要考虑和面对的就是她的性别属性，这也是她最重要的本质属性。于是我从中看到了女权主义将要面临的危机，为我们为之奋斗的、引领全社会进步的事业前途堪忧。

我们为什么要自我毁灭？为什么不将这种危机消灭在萌芽状态？所以，形势危急，女权主义者不能再保持沉默了！

不要再一味地掩耳盗铃了。她们的这些操作，尽管经过精心粉饰，狼子野心仍然昭然若揭。为了成功上位，她们会利用女权运动，歪曲女权的真实意图，打着女权斗争的幌子，达到个人的政治目的，完全是女权主义的寄生虫。

然而，我们却选择对此保持缄默……开始我们是没反应过来，反应迟钝，且缺乏经验，不太确定我们这些新手的政治判断（有时还有分歧）是否正确。于是我们选择了观望等待。

而且，我们也希望看到这些女性上位者能够有所成就，得到认可，变得强大。为什么呢？因为尽管我们不认同她们的做法，但仍然希望看到女性能真正走入男性主宰的政权领域。

1　沃尔玛（美国）是全球最大的连锁超市。以凶猛打压供销商，甚至经常导致其破产和无情剥削员工（大部分是女性员工）而臭名昭著。

2　希拉里·克林顿为布什向伊拉克宣战（与巴拉克·奥巴马意见相左）投赞成票。刚对巴勒斯坦表示完同情，转脸就表示毫无保留地支持以色列推行的政策（设置壁垒、搞殖民主义等）。机会主义策略让她成功当选纽约参议院议员。

我想说的是，第一位国民议会女主席、第一位女参议院院长，乃至第一位女总统的产生，为女性打落了政权大门的门锁。不管怎样，这些曾经的女性禁地，如今我们可以强行占据了。政权之门第一次向我们敞开，未来可能会有停滞，甚至倒退，但都不重要。让国王以及臣民知道王后也有登上王位的可能就足够了。

那么，看到她们成功上位，我们该做些什么呢，检举揭发吗？按理来说当然应该这样做，只是谈何容易。这些敢为天下先者，或是移民者，或是黑种人，或是来自敏感街区，总之，都是我们群体的一员，让我们如何忍心亲自去揭发她们呢？我们都是经受或者曾经经历过被奴役、被歧视和贫穷的人，本是同根生，相煎何太急。

于是，我们继续保持沉默，并抱有某种希望，傻傻地期待幕后操纵者可能会有所行动吧。他们有可能已经暗自行动了吧，或者出人意料地悄悄来个大动作呢？

这样下去，就有可能永远处于一种听命等待的状态中。

人类有史以来，女性尽管一直受男性的压迫和奴役，却几乎没起来反抗过。男人之所以容许女人存在于这个社会上，除了为了保持（经济、社会、政治领域）平衡之外，恐怕主要就是为了满足人类繁衍的需要吧！

另外，还因为女性没有像黑种人或工人一样形成一个共同体或阶级。由于她们的种族血统、宗教信仰以及经历过于繁杂，无法融合成一个统一体。

然而，黑人争取公民权运动（与女权运动相似的诸多运动中的一个），由于背离了最初的革命路线，最后一败涂地。

对女性和对黑人一样，当权者不过给些甜头：提倡平等、晋升女性职位、提升女性参政份额，不过是让性别歧视程度相对有了些许变化，却没有什么根本性改变。

有时，当权者也会以维护“人权”为名推出一些保护妇女的政策，至于什么时间、什么地点实施或撤销这些政策，全凭他们的心情。

因此，不止女权运动会遭遇变质和陷入误区，任何“革命性”的运动似乎都要经历这样一个过程。黑人运动、女权运动、环保运动，所有运动如果脱离了群众基础，阻碍了经济发展，背离了文化渊源，都难免会变质。

21

女性眼中的最美欧洲

越来越多的重要斗争，诸如争取自由、要求满足某种社会需求，只有与欧洲的地理政治学相契合，才能取得实质性的胜利。女权斗争也必然如此。只是我们究竟需要一个什么样的欧洲呢？

在1979年欧洲议会选举第一次实施普选制的时候，我为妇女们绘制了一幅蓝图，就是今天的这项政治提案：最惠欧洲女性条款。

由于之前的一些斗争（强奸立法为罪，争取女性职场平等、参政平等）迫在眉睫，便将这一提案暂时搁置了，如今，在经历了欧洲宪法条约两次否决的沉重打击之后，申请通过该提案成了我们目前工作的重中之重。相信有此条款护航女权事业，未来欧洲必定是一个女性高度团结的欧洲，也是我们最渴望看到的欧洲。

具体需要做些什么呢？

简单来说，就是阅读分析欧洲27个成员国所有涉及女性的法律，对照欧洲女性的实际情况，确定从五个方面入手解决女性实际问题。包括女性个人生活的选择问题（生育、家庭）、女性工作问题（培训、薪金报酬、职业生涯、退休）和女性参政问题（平等权）。当然不能漏掉最为悲剧性的一个方面——女性遭受暴力问题（家暴、强奸、卖淫）。

接着，我们会逐条对比这几个国家的法律条

款，将相对进步的条款收录下来。

我们的筛选标准与国家大小、贫富、是否创始国无关，我们只看它是否有利于欧洲女性。所以，西班牙、法国、瑞典，包括比利时、丹麦、爱沙尼亚、立陶宛，以及奥地利、荷兰都有相关法律条文入选。

这都是“选择”协会经过严密计算推理，仔细分析解读后做出的选择。

我们的目的就是用法律将女性团结起来。在欧洲发起创立最利女性的法律条款，为全世界女性事业树立标杆，提供参照模式，最终达到全世界女性的团结一致。

这一立法利器，由一些欧洲国家现行最前卫法律打造而成，未来必然会更锐利、更高端。

为什么要立法？为什么要有法律？因为正如拉科代尔所说：“在强者与弱者之间，自由带来的是压迫，法律带来的是保护。”

而且，未来的欧洲必然会进入一个弱肉强食的自由竞争时代，因此，法律的保护（尤其是对弱者之一的妇女）作用就显得尤为重要。

而就在我们仔细梳理这些法律条文的过程中，我们萌生了与27个成员国的官方人士、女权主义者协同工作的想法，想通过采访了解他们的看法，力求得到更多的支持和协助。

作为女权主义者的幸福再次降临。一个怀揣着让全体欧洲女性大步向前的梦想的团队（女律师、女法学家、女教师、女工会干部、女信息科学工作者、女社会学家）几日内就完成集结、组队，并立刻投入工作。年轻、优质、新鲜血液的注入，万众一心、团结一致的步调，以及坚定不移的意志，将我们这些“条款缔造者”紧紧团结在一起。我们接受召唤，负有使命。

任何事情，无论是公事还是私事，都无法扰乱我们几乎每周一次的研讨会。

那些快乐的周末加班时刻，我至今记忆犹新，尤其是傍晚用餐的时候，我们会边品尝美食，边畅所欲言，谈条款事宜，也聊芭芭拉的甜椒馅饼和我的巧克力慕斯的做法（只是我坚决不告诉她们），我还会点评奥迪尔从第戎带过来的勃艮第葡萄酒的品质……

每个人都带来了自己前一天匆忙赶制的食物，希望看到自己的手艺能惊艳到其他人。我们是女权主义者，但我们也不会拒绝品尝天下美食。

在这三年里，我们每年夏天都会相聚在我家，坐落在德龙省的一所房屋里，虽没有什么豪华设施，起居设备也很简单，却也绿荫环绕，沐浴阳光。一些人也会带上她们的伴侣/丈夫。就这样，我们会在欢歌笑语、互助互爱中不断前行。当然，也正是这种前行、这些进步让我们的相聚成了欢聚，成为永恒的回忆。

她们当中有一个叫维奥琳的人，下面我就讲讲这期间她在游泳池里的故事。维奥琳来自圣纳泽尔，是起草条款案的组成人员，热衷于写提纲和绘制图表。有一年夏天，大家一起在泳池游泳的时候，她玩心突起，偷袭了其中的一两个同伴，导致她们喝了好几口泳池里的水。于是她们给她起了个外号，叫“泳池杀手”。我于是也跟着她们这样叫她。

这三年当中，也出现过一两次危急时刻，但这都浇灭不了我们的热情，动摇不了我们的决心。所以，我们讨论、我们闲聊、我们玩耍，但一切都是认真的，我们还发表了作品《最惠欧洲女性条款》[1]，用以阐明、探讨、推广我们的草案。此外，我们还成功举办了国际性研讨会[2]。

但是，我会听取，事实上我们也听取了不一样的声音。这些不一样的声音有来自女权主义反

1 《最惠欧洲女性条款》，“选择”协会起草，《妇女》杂志于2008年发表。同时发表的还有《女性眼中最美欧洲》，作者为吉赛尔·哈利米。条款起草者还有法国文学教授维奥琳·吕卡（她同时也负责组织协调工作），地方政府领导奥迪尔·阿尔潘，律师朱莉·博尼埃-阿蒙，司法负责人阿涅斯·德福，律师安娜·杜索，法学家塞维琳·杜帕尼，造型艺术家苏菲·费伊，律师法耶·菲施，工会干部、信息技术培训师艾梅·古多尔，社会学家斯特凡妮·勒加尔，律师克洛蒂尔德·诺尔曼和保险顾问、工会干部芭芭拉·威兰。

2 2008年11月27、28日这两天，在克莱贝尔国际会议中心举行。

对者的，也有来自女权主义支持者的。多数都是出于好心。因为大部分人都明白找到合适的方法让整个欧洲27国都接受我们的条款是件多么不容易的事情。

这对欧盟的能力也是一个挑战，面对其他欧洲实体在此方面已经走在了它的前面，又没有现成的经验，也没有权威的理论可参考，它该何去何从。然而事实摆在眼前，从煤炭革命到钢铁革命，哪场变革不是在推动社会进步！只是我们的这场变革更多的是需要政治意志的改变。

这对欧洲来讲，是一次考验，但同时也为其未来发展立了一个标杆。我一直设想着能有一个和平稳定、没有纷争和冲突的欧洲，但这并不意味着它不会沦为一个毫无生气、没有目标、没有斗志的欧洲。

所以，希望女性的美好未来，能够促成整个欧洲美好未来的形成。

到如今……

到如今，距我开始写这本书已经过去15个月了。在这15个月里，这部手稿从来没离开过我，我走哪儿都带着它。首先是圣-保罗-德-旺斯，这个与我有着30年友谊且不断带给我智慧和灵感的地方，也是我开始写这本书以及其他很多作品的地方。其次是突尼斯，这个生我养我的地方，每到假期我就会回到这里，吹着海风，感受海浪的轻抚，享受烤鱼的鲜香，暂时抛开凡尘琐事，回到生活最初的样子。然后是托利尼昂，每一次忙里偷闲想放松一下的时候，我都会来到这里，住进当地部落的房子里，仰望着被密斯托拉风吹洗得碧蓝的天空。最后是巴黎，我会见当事人，去阅读卷宗的事务所和事务所楼上的卧室。总之，无论到哪儿，我都会随身带着这一摞摞笨重的手稿，这些在我右手无名指骨折后就字迹越发难以辨认的手稿。而在这些手稿当中，我最珍惜的就是现在写的这一部，可以说是寸步不离地带在身边。这样，我可以根据我的回忆、思绪随时随地修改稿件，无论高光还是低谷状态，尽可能全面地展现我的人生，力求将女权事业，这个我为之奋斗一生的伟大事业发扬光大，泽被后人。

我会广泛倾听他人的意见，并随时记录下来，筛选后写进稿件里，以弥补自身的不足，让自己进步。

事物是普遍联系的，人类自由也不例外。人类的各种自由不是独立存在，而是有内在关联的，只有揭示出这种关联，才能让每个妇女都获得自由。像女性支配自己身体的自由与消灭奴隶制、选择生活的自由与经济独立、民主自由与平等参政权都是有内在联系的。

我知道，一些反对者、抱怀疑态度者以及一些犹豫不决者常叫嚣女权主义没有存在的必要，或者断言女权组织不过是一群乌合之众，成不了大气候。而他们所谓的成大气候就是女权事业演变成威胁到当前优越阶层利益的社会运动，以消灭性别歧视为名完成彻底（从最基本、最私密的性问题上升到高端的体制问题：平等参政）变革社会目的的革命。可见，他们的这种“冰山”理论，未免太目光短浅了。

他们甚至以《第二性》作为攻击武器。因为西蒙娜·波伏瓦1949年在《第二性》里是这样写的：“关于女权问题的争吵已经在报刊上引发了大量评论，目前基本平息了，评论也该停了。”[1]她这么说难道是在暗示女性已经获得了所有要争取的权益，女权主义已经结束了吗？

当然不是，因为她后面还有一句话：“然而，仍然有人在谈论！”我曾就此问过她，她说她写过这句，后面还写了妇女斗争有可能被纳入社会主义革命范畴，社会主义会给女权主义带来新生。不知道这句会不会被理解成“女权主义很没用”呢？

人类有史以来，女性压迫就一直存在，对其深刻剖析，有助于我们明了我们所进行的所有变革是多么的必要。厌女症患者们会定期开出女权主义的死亡证明。美国女权主

1 《第二性》，第一卷，引言。

义者罗宾·摩根2003年曾做过统计："从1969年开始，美国《时代》杂志宣布女权主义死亡至少有119次……"人类历史拒绝女权意识，否认女权存在，更愿意保持女性的从属地位。至于原因，弗吉尼亚·伍尔夫的女性是男性的"放大镜"[1]的比喻完美道出其中玄机：女性地位越低下，越能反衬出男人的高大、优越。

女权主义20世纪70年代取得的那些重大成就，可以称为社会变革。她们是在使用民主手段，通过申请立法来表达自我诉求。

因此，为了取得自由选择（生育与否）的权利，博比尼诉讼案让一个社会新闻变成了轰动一时的大事件，并引发了科学、伦理、哲学等社会各界的热议，以及各大党派的震惊和骚动，让他们意识到了强奸立法为罪的必要性。这样，一个思想组织——女权主义——变成了著名的战斗组织。或者说，这让人们看到了女权主义者是如何从"第二性"（知识分子运动）阶段发展到如今敢于控诉法律、挑战政治制度（要求平等参政权等政治事件的发起）的。必须强调指出的是，这与大部分公众的支持是分不开的。马克思说："理论一经群众掌握，就会变为物质力量。"因此，女权主义思想一经植根社会，便可以借助社会、经济的力量，参与改写人类历史了。

1 "几百年来，女性都是男性的一面镜子。她们很神奇，可以将男人放大两倍，这就是为什么男人会这么乐此不疲地贬低女性，因为她们如果不低下就无法成为放大镜来放大他们。"来自弗吉尼亚·伍尔夫的作品《一间自己的房间》，2001年10月18日。

因为一直担心此书的内容太像说教，令理论模式化、僵硬化，所以一直在反复修改，包括内容上的补充、删减，结构上的调整等。

写到这里，我的脑海里出现了每次接受采访到最后都会被问及的那个问题。“那么现在，您想对今天的年轻女性朋友说些什么呢？您有哪些建议给她们呢？”每当听到这句话，我的第一反应都是愤怒，就想告诉他们：“从来没有人给过我建议，也没有人向我伸出过援助之手。我就是这么一路走过来的，我读书，我战斗……”然而，这么说显然是不合适的。我迫于无奈，只能以资深学者的口吻，以毕生与可怕的父权制做斗争，并得以摆脱它的女权主义者的身份，向她们传授女权斗争的心得体会。我反复说的一句话就是，女权主义者不要躺在过去的功劳簿上，为争取女性尊严，我们还有很长的路要走，与我们未来要做的事情相比，我们过去取得的成果不值一提……

然而，记者们总是会歪曲我的意思，从演讲稿到辩护词，再到作为女权战士的激昂言论，他们总会按照他们的意图篡改我的本意。真是奇了怪了。

那么现在，如何继续这未竟的事业，是将过去那么长时间的努力毁于一旦，一切从头再来，还是继往开来，一切向前看？然而，这前方又在何处呢？我于是有些迟疑，有些不敢面对，我回看了一下前面那几章，试图转换一下思路，然而不管如何转换思路，最后的结尾仍然会落到这个已经有了标准答案的问题上。“我们现在该怎么做？”所以，我现在拒绝下这个结论，拒绝规定女权主义的未来，那个不管有没有我参与都一样会到来的未来。

和西蒙娜·波伏瓦一样，我认为我们女权主义者不需要“前辈”为后辈设定目标，出谋划策，告诉她们该怎么走。年青一代自有她们的生活、她们的阅读（我这样希望）和思考。况且，我们已经为她们打下了一个很好的基础：首先是自由选择生育权的获得，这赋予她们的不仅是一项权利，也是一种哲学，一种自由。其次是一些著作的发表，很多文学作品（其中包括广受读者喜爱的《第二性》，它也是迄今为止对女权主义最有指导意义的作品），自传、小说、演讲稿……最后是女权运动的一些失败经历、经验总结、对自身不足的认识，可供年青一代借鉴。而未来要靠她们自己去探索和拼搏。

要想读懂这个世界，改变这个世界，就不能认命，不能屈从，这也是我一生信守的原则。波伏瓦曾说：“没有比屈从命运更可悲的美德了，它将女人本该有的意愿和自由变成了遥不可及的幻想和奢望。”[1]

对此，我要补充一点：这些歧视、不公正存在于生活的方方面面，如果我们见怪不怪，不去制止它，不知不觉间就会变成社会习惯、道德准则，就会让受压迫、遭遇不公变得顺理成章，而恶果和不幸就是这样屈从、默默忍受造成的。

1　《模糊性的道德》。

当然还有宗教（特别是守旧主义[1]宗教）和主流文化传统（像最可怕的父权制思想）方面的原因。

我这么说并不是前后矛盾，我没有在给后辈指道，也不是在插手她们的未来。

我只是想通过这篇自述，通过我对他人和这个世界的描述、评论来表达我的想法和观念。希望借此将我的个人经历、自身感悟转化为思想理论，为更多人提供参考。

因为，现在到处壁垒林立，反女权者来势凶猛，且避无可避。但是他们阻挡不了我前进的脚步，也抹杀不掉我们已取得的成绩和已有的影响力。所以，他们的阻拦带来的只能是女权主义的勇往直前。

回想这些年走过的路，只有这些经历仍然是属于我的，我从未孤军奋战，我的呐喊融入了世界的声音。我的很多梦想都已成真，相信它们一定会在未来世界发光发亮，绽放异彩。

1　女权主义与宗教，我没有谈及这个主题，因为它与其他方面格格不入。它需要专门论述，所以就没在此书中论及。